FOLIO JUNIOR

Sara Pennypacker

Pax et le petit soldat

Illustrations de Jon Klassen

Traduit de l'anglais (États-Unis)
par Faustina Fiore

GALLIMARD JEUNESSE

NOTE DE L'AUTEUR

*Le système de communication des renards
est un système complexe à base de vocalisation,
de gestes, d'odeurs et d'expressions.
Les phrases en italique dans les chapitres concernant
Pax tentent de traduire ce langage éloquent.*

Titre original : *PAX*

Édition originale publiée aux États-Unis par Balzer + Bray,
une marque de HarperCollins Publishers, New York, 2016

À mon agent, Steven Malk,
qui a dit « Pax »

« Ce n'est pas parce que ça n'arrive pas ici
que ça n'arrive pas. »

1

Le renard sentit avant le garçon que la voiture ralentissait, comme il sentait toujours tout en premier. À travers ses coussinets, sa colonne vertébrale, les poils tactiles de ses pattes. Les vibrations l'informèrent également que la route était devenue plus cahoteuse. Il se dressa sur les genoux de son garçon et flaira les odeurs qui filtraient par la fenêtre, ce qui lui apprit qu'ils voyageaient à présent dans une région boisée. Les senteurs aiguës des conifères – bois, écorce, pommes de pin et aiguilles – coupaient l'air comme des lames, mais en dessous, le renard reconnut la douceur du trèfle, et de l'ail sauvage, et des fougères, ainsi que des dizaines d'autres choses qu'il n'avait jamais rencontrées, à l'odeur verte et pressante.

Le garçon sentit quelque chose, lui aussi. Il ramena son animal contre lui et serra plus fort son gant de base-ball.

L'angoisse du garçon surprit le renard. Les rares fois où ils avaient voyagé en voiture auparavant, le garçon s'était montré détendu, ou même excité. Le renard enfonça son museau dans la paume du gant, même s'il détestait l'odeur du cuir. Son garçon riait toujours quand il faisait ça. Il allait refermer le gant autour de la tête de son animal, faire semblant de se battre contre lui, et ainsi, le renard le distrairait.

Mais aujourd'hui, le garçon souleva son renard et enfouit son visage dans la fourrure blanche de son cou, en le serrant fort contre lui.

C'est alors que le renard se rendit compte que son garçon pleurait. Il se tourna vers son visage pour vérifier. Oui, il pleurait – mais sans aucun bruit, ce que le renard ne l'avait jamais vu faire. Cela faisait longtemps que le garçon n'avait pas versé de larmes, mais le renard se souvenait qu'il criait toujours, comme pour exiger qu'on prête attention à ce curieux phénomène, cette eau salée qui coulait de ses yeux.

Le renard lécha les larmes, perplexe. Il n'y avait pas d'odeur de sang. Il se dégagea des bras du garçon pour inspecter son humain avec plus d'attention, inquiet à l'idée qu'il n'avait peut-être pas remarqué sa blessure, même si son odorat ne le trompait jamais. Non, pas de sang, pas même en train de s'accumuler sous la peau pour former un hématome, et pas de moelle s'échappant d'un os brisé, ce qui était arrivé une fois.

La voiture tourna à droite, et la valise derrière eux glissa sur le côté. D'après son odeur, le renard savait qu'elle contenait les vêtements du garçon, ainsi que les objets de sa chambre qu'il manipulait le plus souvent : la photo qu'il conservait sur son bureau et tout ce qu'il dissimulait dans le tiroir du bas. Il donna des coups de patte dans un coin de la valise, dans l'espoir de parvenir à l'ouvrir suffisamment pour que le faible nez du garçon capte l'odeur de ses trésors et se console. Mais juste à ce moment-là, la voiture ralentit à nouveau et n'avança plus qu'au pas, moteur ronronnant. Le garçon se pencha en avant, la tête entre ses mains.

Les battements de cœur du renard s'accélérèrent, et les poils de sa queue épaisse se hérissèrent. L'odeur de métal brûlé que dégageaient les nouveaux vêtements du père lui brûlait la gorge. Il avança vers la fenêtre et la gratta. Parfois, à la maison, quand il faisait ce geste, son garçon soulevait un mur de verre semblable à celui-ci. Il se sentait toujours mieux quand le mur de verre était ouvert.

Mais cette fois, le garçon l'attira de nouveau sur ses genoux et parla à son père sur un ton implorant. Le renard avait appris la signification d'un certain nombre de mots humains, et il l'entendit prononcer l'un d'eux : « NON. » Souvent, ce

« non » était accompagné de l'un des deux noms qu'il connaissait : le sien ou celui de son garçon. Il écouta attentivement, mais aujourd'hui, c'était juste un « NON » suppliant, répété encore et encore au père.

Après une dernière secousse, la voiture s'arrêta complètement, penchée sur un côté. Un nuage de poussière s'éleva de l'autre côté de la fenêtre. Le père tendit la main vers le siège et, après avoir dit quelque chose à son fils d'une voix douce qui jurait avec l'odeur dure de mensonge qui émanait de lui, il saisit le renard par la peau du cou.

Le garçon ne résista pas, donc le renard ne résista pas. Il demeura suspendu et vulnérable dans la main de l'homme, même s'il était désormais suffisamment effrayé pour donner un coup de dents. Il ne voulait pas fâcher ses humains aujourd'hui. Le père ouvrit la portière de la voiture et se mit en marche sur des cailloux et des touffes d'herbe en direction d'un bois. Le garçon sortit et le suivit.

Le père posa le renard par terre, et le renard bondit hors de sa portée. Les yeux fixés sur ses deux humains, il fut surpris de constater qu'ils avaient désormais presque la même taille. Le garçon avait beaucoup grandi, ces derniers temps.

Le père désigna la forêt. Le garçon regarda son père pendant un long moment. De l'eau coulait encore de ses yeux. Puis il s'essuya le visage avec le col de son tee-shirt et hocha la tête. Il plongea la main dans la poche de son jean et en sortit un vieux soldat en plastique, le jouet préféré du renard.

Le renard se tint prêt. Ce jeu familier consistait à jeter le petit soldat pour que le renard le retrouve, une prouesse qui semblait toujours émerveiller son garçon. Ensuite, le renard attendait avec le jouet dans sa gueule jusqu'à ce que son garçon le rejoigne et reprenne le soldat pour le lancer à nouveau.

En effet, le garçon leva le soldat en plastique et le jeta dans la forêt. Le soulagement du renard – ils étaient juste venus jouer ! – le rendit imprudent. Il fonça entre les arbres sans regarder derrière lui. S'il l'avait fait, il aurait vu le garçon s'écarter de son père et croiser les bras par-dessus son visage, et il serait revenu. Quel que soit ce dont son garçon avait besoin – protection, distraction, affection ,
il le lui aurait procuré.

Mais il partit chercher le jouet. Le retrouver fut un peu plus difficile que d'habitude, car il y avait tant d'autres odeurs fraîches dans la forêt. Mais un peu seulement : après tout, le jouet portait aussi l'odeur de son garçon. Et c'était une trace qu'il aurait pu suivre n'importe où.

Le petit soldat était étendu sur le ventre près de la racine noueuse d'un noyer cendré, comme s'il s'était laissé tomber par terre de désespoir. Son fusil, qu'il pressait infatigablement contre son visage, était enfoncé jusqu'à la garde dans l'humus. Le renard dégagea le jouet, le prit entre ses dents, et se dressa sur ses pattes de derrière pour que son garçon le retrouve.

Dans la forêt silencieuse, les seuls mouvements étaient ceux des rayons de soleil qui scintillaient comme du vert émeraude à travers les frondaisons. Il se dressa plus haut. Aucun signe de son garçon. Un frisson d'inquiétude parcourut la colonne vertébrale du renard. Il lâcha le jouet et glapit. Il n'y eut aucune réponse. Il jappa encore ; une fois de plus, seul le silence lui répondit. Si c'était là un nouveau jeu, il ne lui plaisait pas.

Il ramassa le petit soldat et entreprit de revenir sur ses pas. Tandis qu'il émergeait de la forêt, un geai passa au-dessus de lui en jasant. Le renard se figea, tiraillé. Son garçon l'attendait pour jouer. Mais des oiseaux ! Il passait des heures à regarder les oiseaux depuis son enclos, frémissant de les voir trouer le ciel aussi facilement que ces éclairs qu'il voyait souvent pendant les soirées d'été. La liberté de leur vol le fascinait toujours.

Le geai jasa à nouveau, plus profondément dans la forêt, et obtint un chœur de réponses. Le renard hésita un moment de plus, les yeux fixés sur les arbres à la recherche d'un autre éclat bleu électrique.

Soudain, derrière lui, il entendit le claquement d'une portière de voiture, puis un autre. Il se mit à galoper à toute vitesse, ignorant les ronces qui lui égratignaient les flancs. Le moteur de la voiture rugit, et le renard s'arrêta avec une glissade au bord de la route.

Son garçon baissa la vitre et tendit les bras. Tandis que la voiture démarrait au milieu d'une gerbe de gravillons, le père cria le nom du garçon :

– Peter !

Et le garçon cria le seul autre nom que connaisse le renard :

– Pax !

Il y en avait plein, alors.

Peter se rendit compte que c'était une remarque stupide, mais il ne put s'empêcher de répéter :

– Plein.

Il passa les doigts au milieu des soldats en plastique que contenait la boîte à gâteaux cabossée. Ils étaient tous identiques, en dehors de leur pose : debout, à genoux ou couchés sur le ventre, toujours avec un fusil pressé contre leur joue vert olive.

– J'ai toujours cru qu'il n'en avait qu'un seul.

– Non. Je n'arrêtais pas de marcher dessus. Il devait en avoir des centaines. Toute une armée.

Son grand-père rit de sa propre plaisanterie, mais pas Peter. Il tourna la tête et regarda intensément par la fenêtre, comme s'il venait d'apercevoir quelque chose dans le jardin de plus en plus sombre. Il leva le bras pour passer le poing sur sa mâchoire, exactement comme son père quand il grattait sa barbe naissante, et essuya subrepticement les larmes qui avaient débordé de ses yeux. Il n'était qu'un bébé, de pleurer pour une chose pareille !

Et d'abord, pourquoi pleurait-il ? Il avait douze ans, et cela faisait des années que ça ne lui était pas arrivé, pas même quand il s'était fracturé le pouce en attrapant à main nue une balle en chandelle de Josh Hourihan. Malgré la douleur, il n'avait fait que jurer pendant qu'il attendait avec l'entraîneur qu'on lui fasse une radio. Comme un homme. Mais aujourd'hui, deux fois !

Peter attrapa un soldat dans la boîte et se remémora le jour où il en avait trouvé un semblable sur le bureau de son père.

– Qu'est-ce que c'est ? avait-il demandé en le soulevant.

Son père le lui avait pris des mains. Son visage s'était adouci.

– Bon sang. Ça fait un bail… C'était mon jouet préféré quand j'étais petit.

– Tu me le donnes ?

Son père lui avait jeté le petit soldat.

– D'accord.

Peter l'avait posé sur le rebord de la fenêtre, à côté de son lit, en dirigeant le fusil de plastique vers l'extérieur, dans une pose satisfaisante, en défense. Mais moins d'une heure plus tard, Pax l'avait fait tomber d'un coup de patte, ce qui avait fait rire Peter : comme lui, Pax voulait l'avoir.

Peter laissa retomber le petit soldat dans la boîte. Il était sur le point de refermer le couvercle quand il remarqua le bord d'une photo jaunie qui dépassait du tas de soldats. Il tira dessus et la regarda. Son père, peut-être âgé de dix ou onze ans, le bras passé autour d'un chien en partie colley, en partie cent autres choses. Ça avait l'air d'être un bon chien, le genre d'animal qu'il aurait été normal d'évoquer devant son propre fils.

– Je ne savais pas que papa avait eu un chien, dit-il en passant la photo à son grand-père.

– Duke. L'animal le plus stupide qui ait jamais existé. Toujours dans mes jambes.

Le vieil homme examina l'image de plus près, puis dévisagea Peter comme s'il remarquait quelque chose pour la première fois.

– Tu as les mêmes cheveux noirs que ton père. Moi aussi, il y a longtemps, ajouta-t-il en caressant le duvet gris qui entourait son crâne chauve. Et regarde, il était maigre comme toi, et comme moi, avec ces oreilles en feuilles de chou. Tous les hommes de la famille sont pareils… La pomme ne tombe jamais loin de l'arbre, hein ?

– Non, c'est vrai.

Peter fit un petit sourire forcé, qui ne tint pas longtemps. « Dans ses jambes. » C'était l'expression que le père de Peter avait utilisée, lui aussi. « On ne peut pas lui coller ce renard dans les jambes. Il ne marche pas aussi vite qu'avant. Toi aussi, fais attention à ne pas te mettre en travers de son chemin. Il n'a pas l'habitude d'avoir un gamin chez lui. »

– Tu sais, continua le grand-père, à mon époque aussi, il y a eu la guerre, et je me suis engagé. Comme mon père avant moi. Et comme ton père maintenant. Dans la famille, quand le devoir nous appelle, nous répondons présent. Non, la pomme ne tombe jamais loin de l'arbre !

Il lui rendit la photo.

– Ton père et ce chien… Ils étaient inséparables. J'avais presque oublié.

Peter remit la photo dans la boîte et referma le couvercle avec force, puis glissa la boîte sous le lit, là où il l'avait trouvée. Il regarda de nouveau par la fenêtre. Ce n'était pas le moment de parler d'animaux de compagnie. Il n'avait pas envie d'entendre un sermon sur le sens du devoir. Et il ne voulait surtout pas entendre encore parler de pommes et de l'arbre sous lequel elles étaient forcées de rester.

– À quelle heure commencent les cours, ici ? demanda-t-il sans se retourner.

– Huit heures. On m'a dit que tu devais arriver en avance, pour te présenter au professeur principal. Mme Mirez, ou Ramirez… quelque chose du genre. Je t'ai acheté des fournitures.

Le vieil homme désigna de la tête un cahier à spirale, une gourde cabossée et quelques crayons attachés ensemble avec un gros élastique. Peter rangea le tout dans son sac à dos.

– Merci. En bus, ou à pied ?

– À pied. Ton père allait au collège à pied. Suis la route jusqu'au bout, tourne à droite dans la rue de l'École, et tu verras le collège. Un gros bâtiment en brique. Rue de l'École. Tu t'en souviendras ? Si tu pars à sept heures et demie, tu auras tout le temps.

Peter hocha la tête. Il avait envie d'être seul.

– D'accord. J'ai tout ce qu'il me faut. Je vais me coucher.

– Très bien, répondit le grand-père sans prendre la peine de cacher son soulagement.

Il sortit en fermant ostensiblement la porte derrière lui, comme pour dire « Tu peux occuper cette pièce, mais le reste de la maison m'appartient ».

Peter resta près de la porte et l'écouta s'éloigner. Au bout d'une minute, il entendit la vaisselle tinter dans l'évier. Il se représenta son grand-père dans la cuisine exiguë où ils avaient partagé un ragoût silencieux, cette cuisine qui sentait si fort l'oignon frit que Peter était convaincu que l'odeur survivrait à son grand-père. Au bout d'une centaine d'années, après avoir été nettoyée par une dizaine de familles différentes, la maison conserverait probablement encore cette odeur amère.

Peter entendit son grand-père boitiller de nouveau dans le couloir jusqu'à sa chambre, puis le *clic* de la télévision qu'on allumait, le volume qu'on baissait, et la voix à peine audible d'un commentateur fébrile débitant des informations. Ce n'est qu'alors qu'il ôta ses baskets et s'allongea sur le lit étroit.

Il allait devoir passer tout un été, peut-être davantage, chez son grand-père, qui avait toujours l'air sur le point de sortir de ses gonds.

– Mais qu'est-ce qui le met toujours en colère ? avait-il un jour demandé à son père, des années plus tôt.

– Tout. La vie, avait répondu son père. Ça a empiré après la mort de ta grand-mère.

Lorsque sa propre mère était morte, Peter avait observé son père, inquiet. Au début, il n'y avait eu qu'un silence effrayant. Mais peu à peu, son visage s'était durci en une grimace de menace perpétuelle, et ses poings s'étaient crispés, comme s'il ne demandait qu'à trouver quelque chose qui le fasse exploser.

Peter avait appris à éviter d'être ce quelque

chose. Avait appris à ne pas se mettre en travers de son chemin.

L'odeur de graisse rance et d'oignons s'insinuait vers lui, provenant des murs, et même du lit. Il ouvrit la fenêtre. La brise fraîche d'avril pénétra dans la pièce. Pax n'avait jamais été dehors tout seul auparavant, à part dans son enclos. Peter s'efforça de chasser la dernière image qu'il avait de son renard. Il n'avait probablement pas couru longtemps derrière la voiture. Mais l'idée qu'il s'était laissé tomber sur le gravier du bas-côté sans comprendre ce qui se passait était pire encore.

Peter sentit son angoisse s'éveiller. Toute la journée, pendant le trajet jusqu'ici, Peter avait senti sa présence. Il se l'était toujours représentée comme un serpent lové au fond de lui, hors de vue, attendant le moment de ramper le long de sa colonne vertébrale en sifflant ses reproches habituels. *Tu n'es pas là où tu devrais être. Quelque chose de terrible va se passer parce que tu n'es pas là où tu devrais être.*

Il se tourna sur le côté et prit la boîte à biscuits sous le lit. Il en sortit la photo de son père, avec son bras passé nonchalamment autour du chien noir et blanc. Comme si l'idée qu'il risquait de le perdre ne l'avait jamais effleuré.

Inséparables. La note de fierté dans la voix de son grand-père quand il avait prononcé ce mot ne lui avait pas échappé. Il avait raison d'être fier : il avait élevé un garçon qui connaissait la valeur de la loyauté et de la responsabilité. Qui savait qu'un enfant et son animal de compagnie devraient être inséparables. Brusquement, ce mot résonna comme une accusation. Pax et lui, étaient-ils donc… séparables ?

Non, ils ne l'étaient pas. Peter avait même parfois eu l'impression étrange que Pax et lui se confondaient. La première fois qu'il avait ressenti cela, c'était la première fois qu'il avait emmené Pax à l'extérieur. Le renardeau avait vu un oiseau et avait tiré sur sa laisse, tout tremblant, comme électrisé. Et Peter avait vu l'oiseau à travers les yeux de Pax – le vol miraculeux, l'impossible liberté, la vitesse de l'éclair. Il avait senti des frémissements parcourir sa propre peau, et ses propres épaules brûler, comme s'il avait voulu que lui poussent des ailes.

C'était arrivé à nouveau cet après-midi. Il avait vu la voiture faire demi-tour et partir comme si c'était lui qu'on abandonnait. Son cœur s'était emballé d'affolement.

Il avait de nouveau les yeux qui piquaient. Peter essuya rageusement ses larmes avec sa paume. Son père lui avait dit que c'était ce qu'il fallait faire. « Nous allons entrer en guerre. Cela signifie que tout le monde doit faire des sacrifices. Je dois m'engager : c'est mon devoir. Et toi, tu dois partir. »

Bien entendu, Peter s'y était à moitié attendu. Deux de ses amis avaient déjà fait leurs bagages avec leurs familles et étaient partis dès que les rumeurs d'évacuation avaient couru. Ce à quoi il ne s'était pas attendu, c'était au reste. Au pire. « Et ce renard… Bah, le moment est venu de le relâcher dans la nature, de toute façon. »

Un coyote hurla, si proche que Peter sursauta. Un deuxième lui répondit, puis un troisième. Peter s'assit sur le lit et claqua la fenêtre pour la refermer, mais c'était trop tard. Les hurlements et les aboiements, et ce qu'ils signifiaient, avaient déjà envahi son esprit.

Peter avait deux très mauvais souvenirs où figurait sa mère. Il avait aussi plein de bons souvenirs et se les repassait souvent pour se réconforter, même s'il avait peur qu'ils ne s'affadissent à force d'être constamment ressortis. Mais il avait enterré le plus profondément possible les deux mauvais souvenirs, et il faisait tout ce qui était en son pouvoir pour les laisser enfouis. À présent, les coyotes qui hurlaient dans sa tête avaient exhumé l'un d'eux.

Un jour où il avait à peu près cinq ans, il avait trouvé sa mère debout, consternée, près d'une plate-bande de tulipes rouge sang. La moitié d'entre elles se tenaient au garde-à-vous, mais l'autre moitié avait été éparpillée sur le sol, pétales fanés.

– C'est un lapin qui a fait le coup. Il a dû trouver les tiges délicieuses. Le petit démon.

Ce soir-là, Peter avait aidé son père à préparer un piège.

– On ne lui fera pas de mal, hein, papa ?

– D'accord. Quand on l'aura capturé, on le conduira jusqu'à la ville voisine. Qu'il aille grignoter les tulipes de quelqu'un d'autre !

Peter avait garni le piège lui-même avec une carotte, puis avait supplié son père de le laisser dormir dans le jardin pour veiller dessus. Son père avait refusé, mais l'avait aidé à mettre le réveil pour qu'il soit le premier à se lever. Quand la sonnerie avait

retenti, Peter s'était précipité dans la chambre de sa mère pour la tirer par la main dans le jardin, afin qu'elle voie la surprise.

Le piège était couché sur le flanc au fond d'un cratère d'au moins un mètre cinquante de large. À l'intérieur se trouvait un bébé lapin, mort. Son petit corps ne portait pas la moindre marque, mais la cage était griffée et mordue, et le sol tout autour avait été labouré jusqu'à ressembler à du sable.

– Des coyotes, avait deviné son père en les rejoignant. Ils ont dû le faire mourir de frayeur en essayant de l'attraper. Et dire qu'aucun de nous ne s'est réveillé !

La mère avait ouvert la cage et avait pris le petit corps sans vie. Elle l'avait tenu contre sa joue.

– Ce n'étaient que des tulipes. Juste quelques tulipes.

Peter avait trouvé la carotte, dont un bout était rongé, et l'avait jetée aussi loin que possible. Puis sa mère avait posé le cadavre du lapin dans ses mains jointes et était allée chercher une pelle. Du bout du doigt, Peter avait caressé les oreilles, qui s'entrouvraient comme des fougères sur le crâne de l'animal ; les pattes, miraculeusement petites ; et la douce fourrure de son cou, humide des larmes de sa mère.

Quand elle était revenue, sa mère avait touché son visage brûlant de honte.

– Ce n'est pas grave. Tu ne pouvais pas savoir.

Mais *c'était* grave. À la suite de cet épisode, pendant longtemps, chaque fois qu'il fermait les yeux, Peter voyait des coyotes. Leurs griffes qui creusaient la terre, leurs mâchoires qui claquaient... Il se voyait lui-même là où il aurait dû être : en train de veiller dans le jardin, cette nuit-là. Encore et encore, il se voyait faire ce qu'il aurait dû faire : s'extirper de son sac de couchage, trouver un caillou, le jeter contre les prédateurs. Il voyait les coyotes s'enfuir dans l'obscurité et se voyait ouvrir le piège pour rendre sa liberté au lapin.

Avec ce souvenir, l'angoisse le frappa, si fort qu'elle lui coupa le souffle. La nuit où les coyotes avaient tué le lapin, il n'avait pas été là où il aurait dû être... et aujourd'hui non plus.

Il haleta pour remplir ses poumons et se redressa d'un bond. Il déchira la photo en deux, puis de nouveau en deux, et jeta les morceaux sous le lit.

Abandonner Pax n'était *pas* ce qu'il fallait faire.

Il sauta hors du lit. Il avait déjà perdu beaucoup de temps. Il fouilla dans sa valise pour y prendre un pantalon cargo, un tee-shirt de camouflage à manches longues et un pull en polaire, ainsi qu'un slip et des chaussettes de rechange. Il fourra le tout dans son sac à dos, sauf le pull, qu'il noua autour de sa taille. Couteau suisse dans la poche de son jean. Portefeuille. Il hésita pendant une minute entre ses chaussures de marche et ses baskets, et opta pour les chaussures de marche, mais il ne les enfila pas.

Il regarda autour de lui dans la pièce dans l'espoir de trouver une lampe de poche ou n'importe quoi qui s'apparente à du matériel de camping. La chambre avait été celle de son père quand il était petit mais, à part quelques livres sur une étagère, son grand-père s'était visiblement débarrassé de toutes ses affaires. Il avait d'ailleurs été surpris quand Peter avait retrouvé la boîte à biscuits sous le lit : un oubli.

Peter passa les doigts sur les dos des livres. Un atlas. Il le sortit, bénissant sa chance, et le feuilleta jusqu'à ce qu'il trouve la carte où était tracée la route que son père et lui avaient empruntée.

– Tu ne seras qu'à cinq cents kilomètres de moi, avait tenté de lancer une ou deux fois son père dans le silence du voyage. Si j'ai un jour de congé, je pourrai venir te voir.

Peter savait que ça n'arriverait jamais. On ne donnait pas de jours de congé pendant la guerre.

De toute façon, ce n'était pas son père qui lui manquait déjà.

Tout à coup, il remarqua quelque chose : la route contournait une chaîne de basses montagnes. S'il coupait à travers au lieu de suivre la nationale, il gagnerait beaucoup de temps, sans compter qu'il réduirait le risque d'être rattrapé. Il commença à déchirer la page avant de se rendre compte qu'il ne pouvait pas laisser un indice aussi évident à son grand-père. Il se contenta donc d'étudier la carte pendant un long moment, puis il remit l'atlas sur l'étagère.

Cinq cents kilomètres. Il devait pouvoir en couper plus d'un tiers en prenant le raccourci, donc disons trois cents. S'il pouvait marcher quarante ou cinquante kilomètres par jour, il serait là-bas en une semaine, ou moins.

Ils avaient laissé Pax à l'entrée d'une route qui menait aux ruines d'une vieille fabrique de cordes. Peter avait insisté pour qu'ils choisissent ce lieu, car il n'y passait presque jamais personne – Pax n'avait pas l'habitude des voitures – et parce qu'il y avait des forêts et des champs tout autour. Il savait comment y retourner ; dans sept jours, il trouverait Pax en train de l'attendre. Il refusait de penser à tout ce qui pouvait arriver à un renard apprivoisé en une semaine. Non : Pax serait sur le côté de la route, à l'endroit où ils l'avaient laissé. Il serait certainement affamé, et sans doute effrayé, mais en bonne santé. Peter le ramènerait à la maison, et ils y resteraient. Cette fois, qu'on essaie un peu de le forcer à partir ! C'était ça, ce qu'il fallait faire.

Pax et lui. Inséparables.

Il regarda à nouveau autour de lui, résistant à l'envie de partir en courant. Il ne pouvait pas se permettre d'oublier quelque chose. Le lit. Il tira sur la couverture, froissa les draps et donna des coups dans l'oreiller jusqu'à ce qu'il ressemble à un lit où quelqu'un avait dormi. Dans sa valise, il prit la photo qui avait trôné jusqu'ici sur son bureau (celle qui avait été prise lors du dernier anniversaire de sa mère, où elle tenait à la main le cerf-volant que Peter lui avait fabriqué, en souriant comme si c'était le plus beau cadeau qu'elle ait jamais reçu) et la glissa dans son sac à dos. Puis il sortit les objets qui avaient appartenu à sa mère et qu'il conservait en cachette dans le dernier tiroir de son bureau. Ses gants de jardinage, encore tachés de la dernière terre qu'elle ait jamais remuée ; une boîte de son infusion préférée, qui avait perdu depuis longtemps son odeur de menthe poivrée ; les chaussettes épaisses montant jusqu'aux genoux, rayées comme un sucre d'orge, qu'elle portait en hiver… Il les effleura un par un. Il aurait voulu tous les rapporter à la maison, à leur place. Finalement, il choisit le plus petit (un bracelet en or orné d'un phénix en émail, qu'elle portait tous les jours) et l'enfonça au milieu de son sac à dos avec la photo.

Peter regarda la chambre une dernière fois. Il aperçut sa balle de base-ball et son gant, et les mit dans son sac. Ils ne pesaient pas très lourd, et il en aurait besoin quand il rentrerait chez lui. Et puis il se sentait mieux quand il les avait près de lui. Enfin, il ouvrit la porte doucement et se rendit dans la cuisine sur la pointe des pieds.

Il posa son sac sur la table en chêne, alluma une loupiote au-dessus du four, et entreprit d'emporter des vivres. Une boîte de raisins secs, un paquet de biscottes, et un bocal de beurre de cacahuète entamé : Pax sortirait de n'importe quelle cachette pour du beurre de cacahuète. Dans le réfrigérateur, il prit des bâtonnets de fromage et deux oranges. Il remplit sa gourde, puis fouilla dans les tiroirs jusqu'à trouver des allumettes, qu'il enveloppa dans du papier d'aluminium. Sous l'évier, il fit deux trouvailles : un rouleau de gros scotch et des sacs-poubelle épais, destinés aux gravats. De la toile goudronnée aurait encore mieux valu, mais il prit deux sacs-poubelle avec reconnaissance et referma le sac.

Finalement, il arracha une feuille de papier du carnet à côté du téléphone et commença à rédiger un petit mot.

CHER GRAND-PÈRE

Peter contempla ces mots pendant une minute, comme s'ils étaient écrits dans une langue étrangère, puis il froissa le papier et recommença sur une nouvelle feuille.

JE SUIS PARTI TÔT. JE VOULAIS ÊTRE EN AVANCE AU COLLÈGE. À CE SOIR.

Il regarda également cette page pendant un moment, en se demandant si elle exprimait autant de culpabilité qu'il en ressentait. Finalement, il ajouta :

MERCI POUR TOUT, PETER

Il posa le mot sous la salière et se glissa dehors.

Dans l'allée, il enfila son pull et se baissa pour lacer ses chaussures. Enfin, il prit un moment pour regarder autour de lui. Derrière, la maison lui parut plus petite que quand il était arrivé, comme si elle appartenait déjà au passé. En face, des nuages défilaient à l'horizon. Une lune à moitié pleine en émergea tout d'un coup, éclairant la route devant lui.

Pax avait faim et froid, mais ce qui l'avait réveillé, c'était le sentiment qu'il avait besoin de se mettre à l'abri. Il cligna des yeux et recula lentement. Ce qu'il avait pris pour les barreaux rassurants de son enclos céda alors avec des craquements secs. Il se retourna et vit la rangée de tiges de laiteron sèches contre lesquelles il s'était blotti quelques heures plus tôt. Il jappa pour appeler Peter et se rappela soudain : son garçon était parti.

Pax n'avait pas l'habitude d'être seul. Il était né au milieu d'une portée remuante de quatre renardeaux, mais leur père avait disparu avant même que les petits n'apprennent à reconnaître son odeur, et peu après, un matin, leur mère n'était pas revenue. L'un après l'autre, ses frères et sa sœur étaient morts, et dans le terrier froid n'était resté que son seul battement de cœur jusqu'à ce que son garçon, Peter, le tire de là.

Depuis ce jour-là, chaque fois que son garçon partait, Pax allait et venait dans son enclos jusqu'à ce qu'il revienne. Et la nuit, il gémissait pour qu'on le laisse entrer à l'intérieur, où il pourrait entendre son humain respirer.

Pax aimait Peter ; plus encore, il se sentait responsable de lui, voulait le protéger. Quand il ne pouvait pas jouer ce rôle, il en souffrait.

Pax s'ébroua pour se débarrasser de la pluie nocturne dont il était imprégné et se dirigea vers la route sans même prendre le temps d'étirer ses muscles raides. Il cherchait l'odeur de son garçon.

Il ne la trouva pas. Les vents de la nuit avaient balayé toute trace. Mais parmi les centaines de parfums qui voyageaient avec la brise du petit matin, il en sentit un qui lui rappela son garçon : celui des glands. Peter en ramassait souvent des poignées entières qu'il laissait tomber en pluie sur le dos de Pax. Il riait de voir ce dernier s'ébrouer, puis les mordre pour manger leur chair. Cette odeur familière lui apparut comme une promesse, et il trotta dans cette direction.

Les glands étaient éparpillés autour du pied d'un chêne frappé par la foudre, à quelques bonds au nord de l'endroit où il avait vu son garçon pour la dernière fois. Il en mordit quelques-uns, mais l'intérieur était desséché et moisi. Il s'installa alors sur le tronc abattu, oreilles dressées, et guetta les bruits de la route.

Tout en attendant, Pax lécha sa fourrure pour se sécher et se nettoyer, réconforté par l'odeur de Peter qui y perdurait. Puis il se concentra sur ses pattes avant et nettoya les nombreuses coupures douloureuses de ses coussinets.

Quand il était anxieux, Pax creusait le sol de son enclos. Il s'égratignait toujours les pattes sur le ciment dur recouvert de terre, mais il ne pouvait pas s'en empêcher. Au cours de la semaine passée, il avait creusé presque tous les jours.

Quand ses pattes furent propres, il les replia sous son poitrail pour attendre. L'air matinal regorgeait de sons printaniers. Au cours de cette longue nuit, ils avaient inquiété Pax. L'obscurité avait frémi des frôlements des animaux nocturnes, et même des bruits des arbres eux-mêmes : ceux des feuilles qui se déployaient, de la sève qui courait à travers le bois jeune, les minuscules craquements de l'écorce qui se dilatait. Il n'avait pas arrêté de sursauter en attendant le retour de Peter. Finalement, lorsque l'aube avait commencé à teinter le ciel d'argent, il s'était enfoncé dans un sommeil interrompu de frissons.

À présent, cependant, ces bruits l'attiraient. Mille fois, ses oreilles sensibles se dressèrent, et il faillit sauter sur ses pattes pour aller enquêter. Mais chaque fois, il se rappela son garçon et s'obligea à rester immobile. Les humains avaient bonne mémoire, donc ils sauraient retrouver l'endroit. Mais ils ne se fiaient qu'à leur vue : leurs autres sens étaient si faibles ! S'ils ne le voyaient pas quand ils reviendraient, ils risquaient de repartir. Pax comptait donc rester près de la route et ignorer toutes les tentations, y compris son désir pressant de partir vers le sud, là où son instinct lui disait que se trouvait sa maison. Il se tiendrait ici jusqu'à ce que son garçon revienne.

Au-dessus de lui, un vautour planait sur les courants ascendants. Chasseur paresseux, il cherchait des charognes. Quand il vit la silhouette rousse du renard, immobile mais n'émettant aucune odeur de décomposition, il descendit en larges cercles pour l'examiner.

Au sol, Pax ressentit une inquiétude instinctive lorsqu'il sentit brièvement la fraîcheur de l'ombre en V. Il sauta du tronc et gratta la terre en dessous.

Le sol sembla lui répondre par un ronronnement lointain, comme le grondement d'un cœur. Pax se redressa, oubliant le danger dans le ciel. La dernière fois qu'il avait vu son garçon, il y avait eu des vibrations comme celles-ci sur cette même route. Il galopa sur les graviers du bas-côté jusqu'à l'endroit exact où ses humains l'avaient laissé.

La vibration augmenta, se transforma en rugissement. Pax se leva sur ses pattes postérieures pour être vu. Mais ce n'était pas la voiture de son garçon. Ce n'était pas une voiture du tout. Pax regarda l'engin menaçant qui s'approchait. Il lui parut aussi grand que la maison dans laquelle vivaient ses humains.

Le camion était vert. Pas le vert vivant des arbres tout autour, mais un vert olive, terne, la couleur que porterait peut-être la mort quand elle viendrait chercher ces arbres. Le même vert olive que le petit soldat caché par le renard au milieu des tiges de laiteron. Il dégageait une odeur affreuse de diesel et de métal brûlé, comme les nouveaux vêtements du père. Le camion passa en trombe au milieu d'un nuage de poussière et de cailloux, suivi par un autre, et encore un autre.

Pax s'éloigna en courant de la route. Le vautour remonta dans le ciel et s'enfuit d'un seul coup d'ailes.

4

Ne pas avoir cherché la lampe torche de son grand-père : c'était la première erreur de son voyage. La lune avait éclairé le chemin de Peter pendant peut-être deux heures avant de se noyer derrière d'épais nuages. Il avait encore avancé en trébuchant dans le noir pendant une heure avant de renoncer. Il avait ouvert les côtés de l'un des sacs-poubelle pour en faire un long tapis de sol, et découpé l'autre pour l'enfiler comme un poncho contre la bruine froide. Puis il avait dormi dans le fossé qui longeait la route, avec son gant de base-ball en guise d'oreiller. En réalité, « dormi » était très exagéré, et lorsque les premiers rayons du soleil avaient frappé ses paupières, il était sorti de sa courte somnolence mouillé et transi.

Sa première pensée fut pour Pax. Où était-il, ce matin ? Avait-il froid, lui aussi ? Peur ?

– J'arrive, dit-il à voix haute tout en enroulant les deux sacs-poubelle pour les ranger dans son sac. Tiens bon !

Il mangea un bâtonnet de fromage et deux biscottes, but une longue rasade d'eau, puis laça ses chaussures de marche et remonta sur la route.

Il était ankylosé et avait mal partout, mais au moins, son nœud d'angoisse s'était desserré. Certes, il n'avait probablement pas parcouru plus de quinze kilomètres, mais il avait encore toute une journée avant que son grand-père ne rentre du travail et ne commence à soupçonner qu'il était parti.

D'après l'atlas, il lui fallait encore parcourir trente kilomètres avant d'arriver sur la nationale, la grande route vue sur la carte. Ensuite, il pourrait tourner vers l'ouest et emprunter le raccourci si prometteur. La nuit prochaine, il dormirait dans les bois, loin de toute civilisation, et la partie la plus dangereuse de son voyage serait derrière lui.

Il regretta de ne pas avoir fait plus attention quand il était venu avec son père la veille (erreur numéro deux), mais il se rappelait avoir vu une seule petite ville endormie juste à la sortie de la nationale, puis de longues étendues de terrains boisés occasionnellement interrompus par de rares fermes.

Peter marcha cinq heures d'affilée. Des ampoules se formaient sur ses talons, et le sac lui sciait les épaules. Mais chaque pas le rapprochait de Pax et de la maison qu'il n'aurait jamais dû quitter, et l'espoir le portait. Jusque vers midi et quelques, lorsqu'il arriva au centre d'un groupe de maisons, sur la place principale de la petite ville.

Immédiatement, il lui sembla que chaque passant qu'il croisait le toisait d'un air soupçonneux en se demandant pourquoi il n'était pas en cours, dans ce collège devant lequel il était passé quelques minutes plus tôt. Quand une femme traînant un jeune enfant alla jusqu'à s'arrêter pour le fixer, Peter fit semblant d'examiner la vitrine de la quincaillerie à côté de lui.

Il vit son propre reflet dans la vitre, et ce qui restait de son optimisme s'envola. Des feuilles étaient emmêlées dans ses cheveux, son pull était taché de boue, et son nez était rouge à cause de ce qui promettait de devenir un bon coup de soleil d'ici à la fin de la journée. Le garçon dans la vitrine ressemblait à un fugueur, et même à un fugueur qui ne s'était pas très bien préparé.

Il sentit que la femme reprenait son chemin, mais avant qu'il puisse s'éloigner, une ombre se dressa à côté de lui.

– Tu as besoin de quelque chose, jeune homme ?

Peter leva les yeux. Un homme portant une

veste bleue sur laquelle était brodé le logo du magasin se tenait sur le seuil en fumant. Ses bras étaient croisés au-dessus d'un ventre flasque et ses cheveux gris se raréfiaient déjà, mais quelque chose dans son regard rappela à Peter un faucon qu'il avait vu un jour chercher une proie du haut d'un cèdre.

L'homme désigna la vitrine. Peter regarda de nouveau ce qui y était exposé : des paquets de graines et des outils de jardinage.

– Oh, non, je voulais juste… euh… Est-ce que vous vendez des lampes de poche ?

L'homme pencha la tête sur le côté et examina Peter tout en aspirant une bouffée de cigarette ; encore une fois, Peter pensa au faucon. Finalement, il hocha la tête :

– Allée numéro sept. Tu n'as pas cours, aujourd'hui ?

– C'est l'heure du déjeuner. Il faut que je me dépêche d'y retourner.

L'homme écrasa sa cigarette et le suivit à l'intérieur. Il resta dans les parages tandis que Peter choisissait la lampe de poche la moins chère sur l'étagère ainsi qu'un paquet de piles, et le suivit même quand il passa à la caisse.

Une fois dehors, Peter souffla ; il ne s'était pas rendu compte qu'il retenait sa respiration. Il rangea ses achats dans son sac et repartit vers la nationale.

– Eh, toi !

Peter se figea.

L'homme l'avait suivi dehors. Il désigna du pouce la route dans son dos.

– Le collège, c'est par là.

Peter sourit et acquiesça en essayant de prendre l'air bête, avant de changer de direction. À l'angle de la rue, il risqua un regard derrière lui. L'homme l'observait toujours.

Peter se mit à courir, la nuque soudain mouillée de sueur froide. Il ne s'arrêta pas avant d'atteindre le collège et se dirigea vers le parking. Son intention était de s'y cacher pendant quelques minutes, peut-être en s'accroupissant entre deux véhicules, puis de chercher une autre issue. Mais derrière le parking et les bâtiments, un peu plus bas, il vit quelque chose de bien plus intéressant.

Un terrain de base-ball tracé dans l'herbe printanière vert tendre. Et le long de la ligne de la troisième base, tournant le dos au collège, un abri vide.

Peter contempla ce panorama d'en haut. Il délibéra intérieurement, juste une minute. Certes, il voulait continuer son chemin, ne pas perdre de temps. Mais si ce type avait appelé la police ? Reprendre la route était risqué. Par ailleurs, le temps qu'il passerait à se reposer pouvait être rattrapé de nuit, maintenant qu'il avait une lampe de poche. Et il était soudain fourbu, harassé de fatigue.

Mais la véritable raison était que le champ lui

semblait si accueillant : il avait l'impression qu'il l'appelait. Peter se sentait toujours bien sur un terrain de base-ball. Et peut-être était-ce un signe. En théorie, il ne croyait pas aux signes, mais après les coyotes la nuit dernière, il n'en était plus si certain. Il ajusta son sac sur son dos et dévala la colline.

Dans l'abri, le mélange familier d'odeurs de cuir, de transpiration et de chewing-gum rance l'enveloppa comme une embrassade. Peter se dépêcha d'enfiler ses vêtements de rechange et se frotta les cheveux avec une poignée de terre rougeâtre. Quand il repartirait, il ne ressemblerait plus à la description que la police pourrait avoir de lui. Il remplit sa gourde au robinet, but tout son contenu, puis la remplit à nouveau. Lorsqu'il se faufila sous le banc, il sourit en pensant que s'il avait voulu se reposer, Pax aurait choisi le même emplacement : à couvert, mais offrant un bon point de vue sur les alentours.

Une heure, pas davantage, et ensuite il couperait derrière le collège et rejoindrait la route. Assez longtemps pour que les policiers se désintéressent de son cas, s'ils avaient été avertis. Il arrangea son gant de base-ball et posa la tête dessus.

– Juste une heure, murmura-t-il. Je ne fermerai même pas les yeux.

5

C'est mon territoire.

Pax fut si surpris qu'il faillit tomber du tronc du chêne sur lequel il somnolait. Il avait veillé toute la journée sans rien voir de plus grand qu'une sauterelle, et maintenant, voici que se dressait devant lui une renarde à la fourrure éclatante ! Il n'avait jamais vu l'un de ses semblables auparavant, mais il sut tout de suite que c'en était un. Plus jeune, plus petit, et femelle, mais c'était un renard. L'instinct lui apprit par ailleurs que la manière dont elle dressait les oreilles et la queue signifiait qu'elle s'attendait qu'il se soumette.

Je chasse ici.

Pax eut envie de courir se blottir dans son nid de fortune contre les tiges qui restaient, comme s'il se retirait dans son enclos, mais il résista : et si son garçon revenait et qu'il n'était pas là ? Il coucha les oreilles pour montrer qu'il ne représentait pas une menace, mais qu'il ne comptait pas s'en aller.

La renarde s'approcha, et Pax sentit son odeur : aussi familière que la sienne, et pourtant exotique. Elle le flaira et se hérissa avec méfiance en remarquant l'odeur humaine dont il était encore imprégné.

Pax était né avec cet instinct-là, lui aussi, mais la méfiance ne peut résister à une gentillesse constante et inconditionnelle, surtout chez des créatures nouvelles dans le monde. Pax n'avait que seize jours quand Peter l'avait sauvé : une boule de poils anthracite, sans père, sans mère, aux yeux à peine ouverts. Il ne lui avait pas fallu longtemps avant de faire confiance au garçon tranquille et dégingandé qui l'avait ramené chez lui.

La renarde tendit son museau pointu pour le renifler de plus près et se hérissa à nouveau.

Cette odeur est celle de mon garçon. L'as-tu vu ?

Pax lui communiqua les traits les plus saillants de son humain : ses oreilles rondes et nues, ses jambes si incroyablement longues que Pax avait toujours peur qu'il bascule en avant quand il courait, ses cheveux noirs et bouclés qui poussaient jusqu'à des longueurs différentes avant de redevenir courts.

Il n'y a pas d'humains ici, mais ils approchent.

Juste à ce moment-là, Hérissée leva la tête,

comme si quelqu'un avait tiré sur une ficelle invisible. Ses oreilles frémirent, dirigées vers un léger froufroutement dans une touffe de genêts à balais non loin de là. Son derrière tressauta, accumulant de l'énergie. Puis elle se détendit comme un ressort vers le haut et, les pattes avant rassemblées devant son nez noir, plongea dans l'herbe dans un éclair blanc du bout de sa queue.

Pax s'assit, intéressé. Une seconde plus tard, la tête de Hérissée réapparut. Elle tenait un rat des champs dans sa gueule. Elle sauta hors de la touffe de genêts, enfonça les dents dans le cou du rat et le laissa tomber par terre.

Étant devenu orphelin avant d'avoir été sevré, Pax n'avait jamais mangé de proie crue. L'odeur de sang éveilla sa faim aussi bien que sa curiosité. Avec précaution, il fit un pas en avant. Hérissée gronda ; Pax recula alors pour la regarder à une distance prudente.

Il avait de plus en plus faim à chaque bouchée qu'elle croquait. Il songea au confort de sa gamelle remplie à ras bord, au plaisir des gourmandises données de la main de Peter, et à la récompense ultime : du beurre de cacahuète. Il fallait qu'il trouve son garçon. Son garçon le nourrirait.

Avant qu'il puisse l'interroger au sujet des humains qui approchaient, Hérissée ramassa ce qui restait du rongeur (une patte arrière, avec sa longue queue) et partit en la portant dans sa gueule. Pax la regarda se frayer un chemin entre les touffes d'herbe jusqu'à ce qu'il ne voie plus que des éclats de roux vif et de blanc. Elle s'en allait. Il revit la voiture de ses humains qui démarrait en rugissant au milieu d'un nuage de gravier piquant.

Avant de s'enfoncer dans une frange de fougères à l'entrée du bois, elle s'arrêta pour lui jeter un dernier regard par-dessus son épaule. Juste à ce moment-là, un craquement provenant du chêne abattu la fit sursauter. Un éclair de fourrure rousse bondit du feuillage sec, vola au-dessus des mauvaises herbes et atterrit sur le dos de Hérissée.

Pax s'écrasa par terre. Il entendait les glapissements de la renarde qui se battait contre son agresseur, mais ils paraissaient plus irrités qu'alarmés. Il releva la tête. Hérissée était en train de sauter sur une boule de fourrure et de la mordre. À la grande surprise de Pax, une version plus petite et plus maigre de la renarde se déploya devant elle.

Pax était stupéfait. Il n'avait jamais soupçonné que les renards puissent foncer dans l'air comme ces oiseaux dont les pirouettes aériennes ne ressemblaient à aucun mouvement qu'il soit capable de réaliser.

Le petit renard se mit sur le dos et montra son ventre en signe de soumission, mais cela ne fit qu'augmenter la colère de Hérissée : ses glapissements étaient désormais ponctués de petits coups de patte et de dents. Pax s'approcha, dévoré de curiosité.

Le renardeau maigre fut surpris par l'odeur humaine inattendue, et regarda par-dessus Hérissée. Ses yeux s'écarquillèrent quand il vit Pax, et il se releva.

Ami, annonça-t-il à Pax. *Frère de la renarde, mais d'une autre portée. Jouer !*

Hérissée découvrit ses crocs et grogna à l'adresse de son frère.

Dangereux. Ne t'approche pas.

Pax ignora la posture menaçante de Hérissée et rendit son salut au renardeau.

Ami. Tu VOLES ! OISEAU ?

Le petit renard sautilla vers le chêne abattu, puis grimpa sur le tronc. L'une des fourches de l'arbre mort partait vers le haut. Le renardeau se mit à l'escalader légèrement, tout en vérifiant que Pax le regardait.

Pax se coucha et fourra ses pattes sous sa poitrine, mais c'était difficile de se retenir de sauter sur l'arbre pour essayer d'en faire autant. Il avait déjà grimpé sur les murs de son enclos, bien sûr, mais il n'avait jamais dépassé deux mètres de haut. Sa queue tressaillait.

La renarde s'éloigna de quelques pas et se laissa tomber sur le sol. Elle roula sur le côté pour regarder directement son frère. Son amour pour lui était évident.

C'était l'avorton, le plus chétif de la portée. Il est petit, mais solide. Je ne veux pas qu'il m'accompagne quand je chasse. Mais il me suit.

Elle secoua la tête et grogna, comme si elle jugeait Pax responsable des jeux de son frère.

Avorton avançait sur la branche, la queue tendue pour assurer son équilibre, puis il prit son élan et sauta par-dessus les têtes des deux renards à terre. Il atterrit dans un massif de bardanes à côté de la route, et en jaillit couvert de capitules. Il se mit ensuite à décrire des cercles en courant comme un fou, comme si traverser l'air l'avait rempli d'un excès de joie qui devait être dépensé en gambadant, puis se jeta sur le sol pour extérioriser le reste en roulant.

Sa sœur lui sauta dessus. *Trop près de la route !* Tout en ôtant les capitules de sa fourrure, elle le gronda de sa témérité. Mais Pax était émerveillé. Avorton avait parcouru l'équivalent de cinq bonds sans poser les pattes par terre ! Il résolut d'essayer, lui aussi, un jour.

Quand Avorton réussit à se relever, il baissa la tête et enfonça son museau dans le pelage de sa sœur. Elle le renversa à nouveau, par jeu, cette fois, puis s'assit sur lui, le clouant au sol. Il se débattit un peu, mais sans essayer de la repousser pour de bon, et il ne protesta que faiblement quand elle entreprit de lui faire sa toilette.

Pax s'installa à une distance respectueuse. Au bout d'un moment, lorsque son irritation fut dissipée et son frère correctement soumis, Hérissée ramassa le morceau du rat des champs qu'elle avait conservé et le jeta devant lui. Puis elle s'allongea et entreprit de se lécher les pattes pour se nettoyer le museau avec.

Pax avança tout doucement, si bas que son ventre frôlait le sol. La compagnie de ces deux jeunes renards l'attirait, qu'il soit le bienvenu ou non.

Hérissée s'allongea dans une tache de soleil. Sa joue humide brillait comme le bois couleur citrouille de la table où les humains de Pax mangeaient leur nourriture, éclatante à côté du blanc de son cou lustré.

Pax regarda Avorton, qui reniflait l'endroit où Pax avait dormi. Le dessin de sa fourrure était identique, mais moins vif. En certains endroits, ses poils étaient rares, ou en touffes, et les os de ses hanches saillaient. Soudain, il se cabra et bondit comme pour attaquer. Pax regarda Avorton jeter le petit soldat dans l'air et sauter dessus, encore et encore. Il avait fait la même chose, quand il était petit. Il trotta vers lui et se joignit à son jeu, et Avorton l'accueillit comme s'ils avaient joué ensemble depuis leur naissance.

Hérissée se leva. *Apporte-moi ça.*

Son frère l'ignora pendant un moment, mais ensuite, comme s'il avait mesuré les limites de la patience de sa sœur, il trotta vers elle et laissa tomber le jouet devant ses pattes.

Hérissée émit un grondement de gorge envers le petit soldat.

Humain. Laisse-le. Maison. Maintenant, ordonna-t-elle à son frère.

Avorton se colla contre Pax en plantant ses pattes avant dans le sol.

Hérissée revint en arrière d'un bond pour donner un coup de dents à son frère.

Il empeste les humains. Souviens-toi.

Pax fut surpris de l'image qu'elle communiqua alors à son frère : un vent froid et sifflant ; un couple de renards qui se débattaient contre quelque chose qui lui rappelait son enclos – en acier, mais avec des mâchoires et des ressorts à la place des barreaux. Les mâchoires et le sol enneigé étaient tachés de sang.

Hérissée renversa la tête pour examiner le ciel et humer la brise, qui apportait la menace d'orages venant du sud.

Maison.

Avorton baissa la queue et suivit sa sœur. Mais il se tourna vers Pax et l'invita à les accompagner, lui aussi.

Pax hésita. Il ne voulait pas quitter l'endroit où ses humains allaient revenir. Mais des nuages noirs s'approchaient, et juste à ce moment-là, le tonnerre gronda au loin. Il savait que son garçon ne se risquerait pas à sortir pendant un orage. Et il n'avait pas envie de se faire tremper sur le bord de la route. Tout seul.

Il rangea le soldat en plastique dans sa joue et se mit en marche derrière les deux renards.

Hérissée se retourna en sentant sa présence.

Juste une nuit, Empeste-l'humain.

Pax acquiesça. Après l'orage, il suivrait sa propre trace pour retourner près de la route. Ses humains reviendraient le chercher. Et quand il retrouverait son garçon, il ne le quitterait plus jamais.

Peter reconnut le bruit avant même d'être complètement réveillé : les pas d'un troupeau d'enfants qu'on venait de relâcher, leurs cris de joie, leurs coups de poing joyeux dans leurs gants. Il sortit précipitamment de sous le banc et attrapa ses affaires. Trop tard : vingt garçons et leur entraîneur étaient déjà en train de se déverser du haut de la colline. En haut, sur le parking, un petit groupe d'adultes, dont certains en uniformes, surveillaient le départ des élèves. Ce qui lui restait de mieux à faire était de rejoindre la douzaine de gamins qui s'étaient déjà éparpillés sur les gradins par petits groupes de deux ou trois, et se mêler à eux quand ils partiraient.

Peter grimpa jusqu'au sommet des gradins et posa son sac. Un garçon qui assistait à un entraînement de base-ball : rien de plus normal, et pourtant, son cœur battait la chamade.

HOME
VI
00
0

En bas, l'entraîneur commença à envoyer des balles dans le champ. Pour l'essentiel, les joueurs étaient conformes à ce qu'on s'attend à voir sur un terrain de base-ball : tout en muscles et en cris. Peter trouva celui qu'il avait envie de regarder : un garçon de petite taille, avec des cheveux couleur paille coupés ras et un tee-shirt rouge délavé, au poste d'arrêt-court. Tandis que les autres joueurs couraient dans tous les sens comme des chiots, celui-ci se changeait en statue, les mains immobiles à la hauteur de sa taille, les yeux fixés sur la batte de l'entraîneur. À l'instant même où le bois frappait le cuir, il bondissait. Et il réussissait à attraper n'importe quelle balle qui s'approchait de son territoire, même s'il était si petit qu'on aurait pu le prendre pour le jeune frère de l'un des joueurs.

Peter savait que lui non plus n'était pas le genre de garçon qu'on s'attend à voir sur un terrain de base-ball, et il était encore plus décalé dans l'abri, au milieu de ceux qui échangeaient tapes sur l'épaule et paroles grossières. Mais le terrain de base-ball était le seul endroit où il se sentait exactement à sa place, comme s'il était né pour être là.

Peter n'avait jamais essayé de décrire ce sentiment à qui que ce soit. En partie parce que c'était trop privé, mais surtout parce qu'il n'avait pas les mots pour l'exprimer. « Sacré » était peut-être le terme le plus pertinent, et « serein » s'en approchait, mais ni l'un ni l'autre ne convenait parfaitement. Pendant une minute, Peter eut la folle impression que l'arrêt-court connaissait lui aussi cet état de sérénité sacrée, et qu'il le ressentait en ce moment même.

L'entraîneur avait désormais pris position sur le monticule et lançait des balles aux frappeurs. Ceux-ci frappaient des flèches ou des roulants, et les joueurs de champ extérieur commençaient enfin à se concentrer, ou du moins à regarder dans la bonne direction. L'arrêt-court était encore le joueur à suivre. Il avait l'air constitué de fils électriques vivants, et son regard était fixé sur le jeu.

Peter reconnaissait cette concentration. Parfois, ses yeux devenaient secs parce qu'il oubliait de cligner des paupières, tant il observait le moindre mouvement de chaque joueur. Il savait que c'était une stratégie payante. Comme ce garçon au tee-shirt rouge, sur un terrain de base-ball, Peter se sentait maître de son territoire. Il aimait jusqu'à son odeur d'herbe coupée et de poussière sèche. Mais ce qu'il aimait le plus, c'était la clôture qui l'entourait. Cette clôture qui lui disait précisément ce qui relevait de sa responsabilité et ce qui n'en relevait pas. Si une balle tombait à l'intérieur de cette limite, il fallait qu'il l'arrête. Si une balle passait par-dessus, il n'avait plus à s'en soucier. Clair et net.

Peter regrettait souvent que les responsabilités en dehors du terrain de base-ball n'aient pas également ces barrières hautes et bien visibles.

Quand la mère de Peter était morte, il était allé voir une psychologue pendant un certain temps. Il avait sept ans et n'avait pas envie de parler, ou peut-être ne savait-il pas comment réduire ce genre de manque en mots. La psychologue, une femme aux yeux doux avec une longue tresse argentée, avait dit que ça ne posait pas de problème, absolument aucun problème. Et pendant chaque séance, Peter ne faisait rien d'autre que puiser des petites voitures et des petits camions dans un coffre à jouets (il devait y en avoir des centaines, là-dedans ; Peter avait réalisé après coup que la psychologue avait dû dévaliser un magasin de jouets pour lui) et les faire se caramboler, deux par deux. Quand il avait terminé, elle disait toujours la même chose :

– Ça a dû être difficile pour toi. Ta mère est montée dans sa voiture pour aller faire les courses, un jour comme un autre, et elle n'est jamais rentrée à la maison.

Peter ne répondait jamais, mais il se rappelait que ces mots, et la séance dans son ensemble, lui communiquaient un sentiment de justesse, comme s'il était enfin là où il devait être, comme s'il n'y avait rien d'autre qu'il était censé faire que provoquer des accidents entre ces petites voitures et s'entendre dire que ça avait dû être difficile pour lui.

Jusqu'au jour où la psychologue avait demandé :

– Peter, es-tu en colère ?

– Non, avait-il répondu aussitôt. Jamais.

Un mensonge.

Puis il s'était levé et avait pris un bonbon vert pomme dans le bol en cuivre près de la porte, comme à la fin de chaque séance (la psychologue aux yeux doux et lui avaient passé un accord : quand il en avait assez, il pouvait prendre un bonbon, et cela signifiait que la séance était terminée), et il était parti. Mais une fois dehors, il avait jeté le bonbon dans le caniveau, et sur le chemin du retour, il avait déclaré à son père qu'il n'y retournerait pas. Son père n'avait pas insisté. En fait, il avait eu l'air soulagé.

Peter, lui, ne l'était pas. Cette gentille dame avait-elle su depuis le début que ce dernier jour, il avait piqué une colère ? Qu'il avait fait quelque chose d'horrible ? Que pour le punir, sa mère ne l'avait pas emmené faire les courses avec elle ? La psychologue estimait-elle que ce qui était arrivé était sa faute ?

Quelques mois plus tard, Peter avait rencontré Pax. Il avait découvert un renard écrasé par une voiture sur le bord de la route près de chez lui.

Si peu de temps après avoir vu le cercueil de sa mère s'enfoncer sous la terre, il avait ressenti un besoin irrépressible d'enterrer le cadavre. En cherchant un endroit adapté, il avait trouvé le terrier, qui contenait trois corps de renardeaux froids et raides, et une petite boule de poils chaude qui respirait encore. Il avait mis Pax dans la poche de son pull, l'avait ramené à la maison et avait dit – pas demandé, *dit* :

– Je vais le garder.

Et son père avait répondu :

– D'accord, d'accord. Pour le moment.

Toute la nuit, le renardeau avait poussé des miaulements pitoyables, et en l'entendant, Peter avait pensé que s'il avait pu retourner chez la psychologue aux yeux doux, il aurait recommencé à provoquer des accidents entre les petites voitures, jour et nuit, nuit et jour, éternellement. Pas parce qu'il était en colère. Juste pour que tout le monde voie.

Penser à Pax fit se resserrer autour de sa poitrine le vieux serpent d'angoisse. L'entraînement touchait à sa fin : les garçons sortaient du terrain en gambadant et en balançant leur matériel lorsqu'ils passaient devant l'abri. Dès que le terrain fut vide, Peter descendit des gradins et remit son sac sur ses épaules. Alors qu'il longeait l'abri, cependant, il vit l'arrêt-court.

Peter hésita. Il aurait mieux valu qu'il parte, qu'il se mêle aux derniers traînards en train de quitter le collège. Mais les autres membres de l'équipe avaient laissé ce garçon ranger le matériel et rentrer chez lui tout seul, et Peter savait quel effet ça faisait. Il ramassa quelques balles et les lui tendit.

– Salut.

Le garçon prit les balles avec un sourire circonspect.

– Salut.

– Bien joué. La dernière flèche ? Une vraie fusée !

Le garçon détourna le regard et remua les pieds, mais Peter vit qu'il avait l'air content.

– Oh, le joueur de première base l'a fait paraître plus cool que ça ne l'était.

– Non, tu as *placé* cette balle. Votre première base ne serait même pas capable d'attraper un rhume tout seul. Sans vouloir te vexer.

Le garçon lui adressa un vrai sourire.

– Je sais. C'est le neveu de l'entraîneur. Toi aussi, tu joues ?

– Oui. Champ centre.

– Tu es nouveau ici ?

– Oh… je n'habite pas ici, je…

Peter fit un vague signe de tête en direction du sud.

– Hampton ?

– C'est ça, Hampton.

Le visage du garçon se ferma.

– Venu nous espionner avant le match de samedi ? Connard.

Il cracha et retourna vers l'abri.

En sortant du collège, Peter se félicita d'avoir répondu si vite et d'avoir couvert ses traces. Mais bizarrement, il avait un peu le cafard. En réalité, il se sentait même complètement déprimé.

Il essaya de chasser ce sentiment (que disait son père au sujet des sentiments ? Quelque chose au sujet d'une belle jambe ?) et consulta sa montre. Quatre heures et quart. Il avait perdu plus de trois heures.

Il pressa le pas, mais quand il arriva de nouveau sur la place principale, il emprunta le côté opposé à la quincaillerie et s'obligea à passer à une allure mesurée devant une bibliothèque, un arrêt de bus, un restaurant. Puis il compta encore mille pas avant de relever la tête.

À ce moment-là, il regarda de nouveau sa montre. Cinq heures moins dix. Son grand-père était probablement en train de se préparer. Peter se le représenta en train de marcher vers sa Chevrolet bleue rouillée, de tourner la clef de contact.

Avec cette image, l'angoisse le saisit, si violemment qu'elle lui coupa le souffle. Il escalada une petite clôture en bois qui longeait la route et se laissa tomber de l'autre côté, au milieu des broussailles sales. Par sécurité, il s'enfonça encore d'une bonne vingtaine de mètres, jusqu'à ce que les buissons soient plus grands que lui et que son angoisse le laisse de nouveau respirer, avant de recommencer à marcher parallèlement à la route. Son avancée était moins facile, mais un quart d'heure plus tard, il arriva devant la nationale.

Peter suivit la voie d'accès, accroupi sur le côté, puis profita d'une interruption dans la circulation pour traverser, descendre dans le fossé, escalader le grillage, et retomber de l'autre côté, le cœur battant.

Il avait réussi.

Il avança d'un pas léger au milieu des arbres, cherchant le bon endroit pour se diriger vers l'ouest. Au bout de quelques minutes à peine, il le trouva : un chemin de terre perpendiculaire à la nationale. En fait, ce n'était guère plus qu'un sentier, mais il partait dans la bonne direction, et ce serait facile d'y marcher, même de nuit. Il s'y engagea.

Au début, les arbres autour de lui se firent de plus en plus denses, et seuls des cris d'oiseaux et des bruissements d'écureuils brisaient le silence. Peter songea qu'il avait sans doute quitté la civilisation pour un bon bout de temps. Cette idée le réjouit.

Mais quelques minutes plus tard, après un tournant, il se retrouva en train de longer un vieux champ parsemé d'arbres fruitiers tordus, à la floraison fatiguée. Un petit mur de pierre bordait le champ, et une grange se dressait à l'angle opposé. On ne voyait aucune lumière à l'intérieur, ni voiture ni tracteur garé à côté. Néanmoins, l'optimisme de Peter s'effrita. La grange avait l'air repeinte récemment, et certains bardeaux du toit avaient la teinte rose du bois récemment coupé. Ce chemin menait chez quelqu'un. Pire, il risquait de déboucher sur une route plus importante qui ne figurait pas dans le vieil atlas. Quoi qu'il en soit, ce n'était pas un raccourci à travers les collines.

Peter laissa tomber son sac et s'assit dans un renfoncement étroit du muret, épuisé et affamé. Il ôta ses chaussures, puis ses chaussettes. Deux grosses ampoules s'étaient formées sur chaque talon. Quand elles se perceraient, elles lui feraient un mal de chien. Peter trouva ses chaussettes de rechange au fond de son sac à dos et les enfila pardessus la première paire. Puis il s'adossa au muret et posa la tête contre les pierres irrégulières qui restituaient encore un peu de la chaleur accumulée dans la journée. Le soleil se trouvait désormais juste au-dessus des frondaisons, baignant le champ d'une lumière couleur pêche.

Il prit les raisins secs et les mangea un par un, en buvant de petites gorgées d'eau entre deux. Puis il sortit deux bâtonnets de fromage et les quatre biscottes d'un paquet. Il les dégusta aussi lentement que possible, en regardant le soleil au-dessus du verger, étonné de découvrir qu'on le voyait descendre à vue d'œil. Comment avait-il pu vivre douze années et ne jamais s'en apercevoir ?

Peter relaça ses chaussures. Juste au moment où il commençait à se relever, un cerf venu de la forêt entra à petits bonds dans le verger. Peter retint son souffle tandis que le champ se remplissait : quatorze cerfs en tout. Ils se mirent à brouter et, pour certains d'entre eux, à grignoter avec délicatesse les branches basses des arbres.

Peter s'accroupit à nouveau, et l'animal le plus proche, une biche accompagnée de son faon grêle et moucheté, tourna la tête et le regarda dans les yeux. Peter leva tout doucement sa paume dans l'espoir de lui faire comprendre qu'il ne lui voulait aucun mal. La biche s'interposa entre Peter et son petit, mais au bout d'un moment, elle baissa de nouveau la tête vers l'herbe.

Soudain, l'air limpide du crépuscule fut déchiré par le grincement d'une scie qui entamait du bois, derrière la grange. Le troupeau sursauta à l'unisson et se précipita vers la forêt sombre dans un éclair de queues blanches. Avant de partir en bondissant, la biche adressa à Peter un autre regard, qui semblait dire : « Vous, les humains, vous gâchez toujours tout. »

Peter se remit en marche. Retour près de la nationale. La moitié des voitures avaient désormais des phares allumés, et il avait l'impression qu'ils étaient pointés sur lui. Il redescendit dans le fossé à côté de la route.

En bas, le sol était spongieux et sentait la tourbe. Peter était en train d'hésiter à courir le risque de se faire éclairer par les phares lorsque son pied s'enfonça avec un plouf. Il attrapa une branche au-dessus de lui et tira vers le haut, mais c'était trop tard : il sentait déjà le froid de l'eau boueuse se glisser dans sa chaussure. Peter poussa un juron. Ne pas apporter davantage de chaussettes avait été une autre erreur. Pourvu que ce soit la dernière du voyage.

C'est en grimpant pour retourner au bord de la route qu'il commit une autre erreur, bien plus grave.

Son pied droit se prit dans une racine, et il tomba. Il entendit l'os se briser – un craquement faible, étouffé – en même temps qu'il sentit la déchirure. Il demeura assis, pantelant, à moitié assommé par la douleur, pendant un long moment. Finalement, il dégagea son pied et délaça sa chaussure, en grimaçant à chaque mouvement. Il roula tout doucement ses chaussettes mouillées, et ce qu'il vit lui coupa le souffle : son pied enflait si vite qu'on s'en rendait compte à vue d'œil.

Peter remonta ses chaussettes, en criant presque tant cela lui faisait mal, puis serra les dents pour enfiler sa chaussure avant que son pied puisse encore augmenter de volume. Il rampa jusque sous un arbre et s'agrippa pour se remettre debout. Enfin, il déplaça son poids sur son pied droit… et faillit retomber. La douleur était de loin la pire qu'il ait jamais connue. En comparaison, son pouce cassé s'apparentait à une piqûre de moustique.

Il ne pouvait plus marcher.

7

Pax frémit de plaisir en sentant le poids solide et chaud d'un autre corps collé contre le sien. À moitié éveillé, il prit une inspiration pour inhaler l'odeur réconfortante de son garçon. Cependant, ce qu'il sentit n'était pas humain, mais renard.

Il se réveilla pour de bon. Le frère de la renarde ronflait, roulé en boule contre lui. Toujours endormi, Avorton gémit et agita sa queue par-dessus son museau.

Pax se releva brusquement. Il n'avait aucune expérience en matière de dominance, mais la situation ne lui laissait pas le choix.

Retourne dans ton terrier.

Quand Avorton essaya de se blottir contre son poitrail, Pax lui donna un petit coup de dents sur l'épaule.

Avorton se réveilla, se secoua, et se remit debout. Il ne baissa pas la tête en signe de

soumission, et ne fit pas mine de partir. Sa position disait *Jouer !*

En d'autres circonstances, Pax aurait apprécié la compagnie du sympathique renardeau. Mais il n'avait aucune envie d'avoir de nouveau affaire à Hérissée. En fait, il n'avait envie de rien, à part de retrouver ses humains.

Pax alla chercher le petit soldat en plastique qu'il avait ramassé et le lui offrit, puis lui demanda à nouveau de partir. Après un dernier regard suppliant, Avorton prit le jouet dans sa gueule. Pax le suivit des yeux et le regarda se glisser dans un trou, à quelques longueurs de queue de là.

Quand l'orage avait éclaté (bref, mais violent : des pans entiers de ciel qui se déchiraient avec des craquements furieux), Pax s'était enfoncé dans un terrier abandonné, non loin de celui que Hérissée partageait avec son frère, sans observer les alentours. À présent, sous la lumière pâle de la lune à moitié pleine, il prit le temps de regarder autour de lui.

Ce flanc de colline était tourné vers le sud. Les racines des arbres semblaient s'agripper au sol sablonneux comme les doigts marron de poings serrés. Pax distingua les entrées de trois terriers entre les plantes.

Plus haut sur la colline, la forêt s'étendait vers le nord et l'ouest, en direction de la route. En bas, une prairie recouvrait la vallée. C'était une position idéale : la hauteur assurait un avantage sur les prédateurs susceptibles de s'approcher, tandis que les arbres protégeaient les renards des vents du nord. Et la prairie regorgeait de vie.

Tandis que Pax absorbait tout cela, une certaine nervosité en lui se dissipa. Il avait éprouvé la même chose, petit, lorsque Peter, après avoir vu Pax pousser trois fois de suite sa gamelle dans le coin le plus lointain de la chambre, avait enfin compris qu'il devait la laisser là. Loin du mur côté nord, trop froid, et offrant une vue sur la porte par laquelle le père entrait parfois en colère. Il s'était alors senti en sécurité.

Mais il n'était pas en sécurité ici. Hérissée l'avait averti que dans la prairie vivait avec sa compagne un vieux renard qui devait déjà faire face à un rival venu d'ailleurs. Il ne tolérerait pas la présence d'un autre mâle solitaire.

Juste à ce moment-là, Pax distingua un mouvement plus bas. Un renard dominant à la fourrure noire et grise émergea des broussailles à mi-hauteur de la colline et marqua un arbrisseau à côté de lui. Le gros renard entreprit de faire sa toilette, mais soudain, une patte toujours sur l'oreille, il fronça le museau sous la brise. Pax bondit vers le haut de la colline et plongea dans le sous-bois.

Il retrouva facilement sa propre trace, malgré la pluie abondante qui était tombée. Il la suivit jusqu'à la route, ne s'arrêtant que pour lécher hâtivement un peu d'eau qui ruisselait encore sur les feuilles.

Une fois arrivé, Pax repéra l'odeur persistante des camions militaires de la veille ; aucun autre véhicule n'était passé depuis. Il s'installa une fois de plus sur le chêne abattu pour attendre.

L'aurore apporta le bourdonnement chatoyant de nuages d'insectes et les jacasseries des oiseaux, mais toujours aucun bruit de moteur. Le soleil se leva, chaud et sec, et fit s'évaporer les gouttes de pluie qui s'étaient posées sur la moindre plantule.

Pax était désormais conscient de sa faim, mais sa soif était pire : il n'avait rien bu depuis qu'il avait quitté la maison de ses humains. Sa gorge était desséchée, et sa langue épaisse et enflée. Il avait le tournis à chaque fois qu'il changeait de position. Cent fois, de fins effluves d'eau flottèrent devant lui, mais pas un instant il n'envisagea d'abandonner son poste pour suivre leur promesse. Ses humains reviendraient ici. Il enfonça ses griffes dans le bois et guetta le bruit d'un véhicule sur la route silencieuse. Une heure s'écoula, puis une autre. Pax somnolait, se réveillait, se rappelait, somnolait, se réveillait, se rappelait. Et puis le vent lui annonça que quelque chose approchait.

Un renard. Le mâle qu'il avait vu tout à l'heure, celui dont Hérissée lui avait parlé. Sa démarche était posée, sans hésitation ni gaspillage d'énergie. La manière dont son pelage gris enveloppait sa silhouette prouvait qu'il était vieux. Quand il s'approcha, Pax remarqua que même ses yeux étaient devenus gris avec l'âge.

Après lui avoir offert son odeur, Gris s'installa sur l'herbe à côté du tronc abattu. Il ne fit aucun geste pour s'élever, ce qui prouvait qu'il n'avait pas de mauvaises intentions.

Tu sens les humains. J'ai vécu avec eux, autrefois. Ils approchent.

Un espoir soudain revigora Pax.

As-tu vu mon garçon ?

Il décrivit Peter. Mais Gris n'avait vu aucun humain depuis l'époque où il avait vécu avec eux, dans sa jeunesse. Et c'était loin d'ici : sur une terre aride et pierreuse de longs hivers et de soleil bas, ailleurs.

Les humains qui s'approchent viennent de l'ouest. Ils apportent la guerre. Les corbeaux qui les ont vus n'ont décrit aucun enfant.

Cette nouvelle porta un coup à Pax. Il chancela et faillit perdre l'équilibre sur le tronc.

Tu as besoin d'eau. Suis-moi.

Pax hésita. Ses humains pouvaient arriver d'un moment à l'autre. Mais sa soif était urgente.

Est-ce près d'ici ? Entend-on la route, là-bas ?

Oui. Le ruisseau passe sous la route. Suis-moi.

L'attitude de Gris – pleine d'assurance, mais pas menaçante – rasséréna Pax. Il sauta de son perchoir et le suivit.

Très vite, ils arrivèrent devant une profonde entaille dans la terre d'où montaient des odeurs d'eau et de plantes qui poussaient dans le limon fertile. Pax se pencha et vit un ruisseau argenté, parsemé de cailloux noirs, qui brillait entre des roseaux verts et des fleurs violettes. Gris entreprit de descendre en biais, avec précaution. Attiré par l'eau, Pax se précipita tout droit vers le fond et le dépassa. À mi-chemin, il trébucha et rebondit jusqu'en bas.

Quand il se releva, il ouvrit de grands yeux. L'eau coulait devant lui comme si elle avait jailli d'un grand robinet, beaucoup plus large que celui qui déversait de l'eau dans la baignoire blanche où son garçon se baignait. Il y plongea le museau.

L'eau était froide et avait un goût de cuivre, de pin, de mousse. Elle se jetait dans sa gueule comme si elle avait été vivante. Elle lui piquait les dents, mouillait son nez et sa gorge. Il but, et but encore, et ne se redressa que lorsque son ventre fut tendu.

Gris le rejoignit, but, puis invita Pax à venir se reposer près de lui.

Pax pencha la tête pour écouter intensément la route toujours silencieuse au-dessus du fossé.

Je dois être au bord de la route quand mes humains viendront me chercher.

Gris s'allongea sur le sol et s'étira.

La route a été bloquée hier par les malades de guerre.

Pax repensa aux véhicules qui étaient passés la veille, ceux qui avaient la même odeur que les nouveaux vêtements du père. En effet, la route n'avait pas été utilisée depuis lors. Mais cela n'avait pas d'importance.

Mon garçon reviendra me chercher ici.

Non. Les corbeaux le disent : la route est fermée.

Pax se mit à marcher en rond de pierre en pierre, fouettant l'air de sa queue, tout en réfléchissant à ce nouveau problème. La réponse lui vint bientôt :

Je vais aller rejoindre mon garçon dans notre maison.

Où est votre maison ?

Pax fit un cercle sur lui-même par acquit de conscience, même s'il n'avait aucun doute : il sentait l'attraction de sa maison dans une seule direction.

Au sud.

Gris n'eut pas l'air surpris.

Il y a de grandes colonies humaines, là-bas. Quand les malades de guerre arriveront ici, ma famille va devoir s'approcher de ces colonies, ou aller vers le nord, dans les montagnes. Parle-moi des humains du Sud. Comment est-ce, de vivre près d'eux ?

À nouveau, l'attitude du vieux renard calma Pax. Il retourna près de lui et s'assit.

J'en ai vu beaucoup de loin, mais je n'en connais que deux.

Est-ce qu'ils font semblant, comme ceux que je connaissais ?

Pax ne comprit pas.

Gris se redressa sur son arrière-train, agité, et partagea certains comportements auxquels il avait assisté. Un humain se détournant d'un voisin affamé, comme s'il n'y avait pas de nourriture dans son garde-manger, alors qu'il était plein. Une humaine feignant l'indifférence envers celui qu'elle avait choisi pour compagnon. Un humain attirant un mouton hors du troupeau avec de douces paroles, pour l'abattre ensuite.

Tes humains ne font pas cela ?

Immédiatement, Pax repensa au père de son garçon, au moment où il l'avait fait sortir de la voiture avec une voix teintée d'un regret que Pax savait feint, vu l'odeur de mensonge qui émanait de lui.

Il se tourna vers le ruisseau. Le courant se séparait contre des pierres, puis se réunissait en une tresse argentée liquide. Pax fut assailli par un souvenir.

Peu de temps après le jour où son garçon l'avait sauvé, alors qu'il n'était encore qu'un renardeau nerveux, une étrangère s'était présentée devant la porte. Caché sous la table, Pax avait regardé le père accueillir cette femme dont la longue tresse argentée descendait sur l'une de ses épaules. Il souriait de toutes ses dents, un geste dont Pax avait désormais compris la signification : *Bienvenue ; je suis content de te voir ; je ne te veux pas de mal.* Mais derrière le sourire, le corps de l'homme était raide de colère et de peur.

Cette peur avait surpris Pax : la petite humaine ne projetait rien d'autre que de la gentillesse et de la sollicitude. Elle ne cessait de répéter le mot que Pax avait déjà appris à associer à son garçon, « Peter », sur un ton implorant. Le sourire plein de dents de l'homme était resté en place, figé, mais l'odeur amère de tromperie avait rempli la pièce quand il lui avait répondu. Et quand il avait refermé violemment la porte après son départ, sa poitrine avait été gonflée en signe de menace.

Pax se tourna vers le vieux renard.

Je l'ai vu. Pas chez mon garçon, jamais chez lui. Mais chez son père, oui.

Cette réponse sembla donner un coup de vieux à Gris. Il se releva avec un effort visible.

Sont-ils toujours irresponsables ? Ils étaient irresponsables quand je vivais avec eux.

Irresponsables ?

Ils labourent un champ sans avertissement et massacrent les souris qui y habitent. Ils construisent un barrage sur une rivière et laissent les poissons mourir. Font-ils encore ce genre de choses ?

Un jour, alors que le père de Peter était sur le point de scier un arbre, Pax avait vu Peter y grimper pour prendre un nid et le déplacer sur un autre arbre. Lorsqu'il faisait froid, Peter apportait de la paille fraîche dans l'enclos de Pax. Avant de manger lui-même, il vérifiait toujours que Pax avait de l'eau et de la nourriture.

Mon garçon n'est pas irresponsable.

Le vieux renard sembla soulagé, mais un instant seulement.

Quand la guerre arrivera, ils seront irresponsables.

Qu'est-ce que la guerre ?

Gris fit une pause.

C'est une maladie qui frappe parfois aussi les

renards. Cela les conduit à changer de comportement, à attaquer des étrangers. La guerre est une maladie humaine qui y ressemble.

Pax sauta sur ses pieds.

Les malades de guerre attaqueront-ils mon garçon ?

La guerre est arrivée dans le pays où je vivais avec des humains. Tout a été détruit. Il y avait du feu partout. Beaucoup de morts, et pas seulement parmi les malades de guerre, les mâles adultes : aussi des enfants, des mères, des vieillards de leur espèce. Et tous les animaux. Les hommes qui étaient contaminés par cette maladie répandaient le chaos sur tout ce qui se trouvait sur leur chemin.

La même chose est en train de venir ici ?

Gris leva la tête pour pousser un hurlement qui changea l'air lui-même en chagrin.

À l'ouest, là où la guerre est déjà arrivée, là où les humains s'entretuent, la terre est complètement dévastée. Les corbeaux ont apporté des nouvelles. Les rivières sont barrées. La terre est brûlée et aride ; même les ronces n'y poussent plus. Lapins et serpents, faisans et souris... toutes les créatures sont tuées.

Pax se mit à courir. Il devait trouver son garçon. Avant que cette guerre n'arrive.

Gris le suivit.

Attends. Je vais voyager vers le sud avec toi pour chercher un autre territoire. Mais d'abord, retournons chez moi.

Dans la prairie ? Non. La renarde m'a interdit de revenir.

La renarde ne sera jamais ton amie, parce que tu as vécu avec les humains.

Pax perçut une lueur de la scène qui avait été échangée entre la renarde et son frère : un vent froid et hurlant, un couple de renards en grande détresse, des mâchoires en acier, des taches de sang sur la neige… Et puis, abruptement, plus rien.

Mais elle n'est pas dominante. Suis-moi. Nous allons nous reposer et manger, et nous partirons ce soir.

8

Le bruit que Peter aimait le mieux au monde – le choc cuir contre cuir de la balle dans le gant – était si réel dans son rêve qu'il sourit en ouvrant les yeux. Et il poussa un cri de surprise.

Une femme, debout au-dessus de lui, s'amusait à jeter une balle de base-ball dans un gant. Elle portait une salopette rapiécée, avec des foulards délavés noués aux bretelles. Sa chevelure, une tignasse pleine d'épis, se balança quand elle pencha la tête sur le côté pour l'étudier.

Il rampa à reculons sur le plancher grossier et poussa un nouveau cri, de douleur, cette fois. Tout lui revint aussitôt. Affolé, il chercha son sac des yeux. Il était là, derrière la femme, son contenu éparpillé sur le sol.

Elle s'approcha et jeta la balle dans le gant un peu plus fort. *Ma* balle, *mon* gant, pensa Peter. La balle qui avait été rangée dans son sac. Le gant sur lequel il avait dormi. Il s'assit avec difficulté.

– Eh ! C'est à moi, ça ! Qu'est-ce que vous faites ici ?

La femme émit un bruit qui tenait le milieu entre un rire et un aboiement. Elle jeta la balle et le gant de côté et s'accroupit pour être à sa hauteur, caressant de la main un bouquet de plumes qu'elle portait autour du cou, au bout d'une lanière de cuir.

De près, Peter constata qu'elle n'était pas aussi vieille qu'il l'avait cru tout d'abord. Pas beaucoup plus vieille que son père, en tout cas. Une mèche grise serpentait dans ses cheveux, mais sa peau était lisse. Quand elle plissa les yeux et claqua des doigts devant son visage, il lui vint l'idée qu'elle était peut-être folle.

– Non. Non, non, non. Tu es entré sans permission dans *ma* grange, donc c'est à *moi* de te demander ce que tu fais ici.

Peter recula à nouveau. Folle ou pas, la femme avait derrière elle un mur plein de haches et de faux ; quant à lui, il lui manquait la moitié de ses pieds pour s'enfuir.

– D'accord, d'accord. Je me suis fait mal au pied hier soir. Je passais devant votre grange, et j'avais besoin d'un endroit où dormir, donc… Excusez-moi. Je m'en vais.

– Pas si vite. Comment ça, tu passais devant ma grange ? C'est une propriété privée, ici, et nous sommes au milieu de nulle part.

La femme se redressa de toute sa hauteur, et Peter recula encore un peu.

– Je… je prenais un raccourci en revenant de… (il repensa à l'entraînement auquel il avait assisté la veille, et désigna sa balle et son gant)… d'un entraînement de base-ball.

– Tu rentrais à la maison à travers mes terres après un entraînement de base-ball ? Dans ce cas, la première question qui me vient à l'esprit, c'est : pourquoi n'as-tu pas de batte ? Pourquoi as-tu sur toi un rouleau de gros scotch, des sacs-poubelle, un bracelet avec une breloque, des vêtements, de la nourriture, de l'eau… mais pas de batte ? Hein, gamin ?

À la manière dont elle prononça « gamin », d'une voix suave et traînante, il se rendit compte qu'elle avait une trace d'accent. Juste une trace, comme si, à un moment donné de son enfance, elle avait été entourée de gens qui parlaient une langue ressemblant à un chant.

– Je, euh… je ne l'ai pas prise. C'était trop lourd.

La femme secoua la tête ; à présent, elle avait l'air agacée. Elle souleva le bas de sa salopette. Sous le genou gauche, il n'y avait qu'un poteau de bois grossier. Elle en frappa le sol à côté de Peter.

– Regarde cette jambe. Crois-moi, elle est lourde. En pin massif. Pourtant, je la porte, pas vrai ?

La femme examina le bois et sembla remarquer quelque chose qui lui déplut. Elle prit un couteau à sa ceinture et, d'un geste rapide du poignet, ôta un copeau juste au-dessus de là où aurait dû se trouver sa cheville. Puis elle se redressa pour faire de nouveau face à Peter, le couteau pointé droit vers lui.

– Allez, on essaie encore une fois, parce que je suis de plus en plus curieuse : si tu étais à l'entraînement de base-ball, pourquoi n'as-tu pas de batte ?

Peter leva le regard sur son visage, puis l'abaissa à nouveau sur le couteau. La lame brillait, longue et mince, avec une courbure cruelle. Cette femme était probablement folle, en effet. Peut-être pire. Son cœur battait violemment dans sa poitrine, et sa bouche était un désert, mais il réussit à articuler :

– Je n'en possède pas.

La femme lui adressa un demi-sourire et un clin d'œil.

– Je préfère. Oui, ça sonne vrai. Comment t'appelles-tu ?

Il le lui dit.

– Alors, dis-moi, Peter-sans-batte, qu'est-ce qui est arrivé à ton pied ?

Peter garda le regard fixé sur le couteau tandis

qu'il ôtait le pull qui enveloppait son pied. La douleur que lui causa ce mouvement pourtant insignifiant lui fit un choc. Il fut parcouru de frissons, et se rendit compte pour la première fois à quel point il avait froid.

– Je me le suis tordu.

La femme s'accroupit, allongeant sa jambe de bois vers l'extérieur dans une position étrange. Peter détourna le regard.

– Ne bouge pas.

Avant qu'il puisse comprendre ce qui se passait, elle avait glissé la lame froide de son couteau dans sa chaussette et l'avait tranchée d'un geste rapide. Il serra les lèvres pour retenir un cri. Son pied était aussi noir et enflé qu'une aubergine.

– Tu as marché comme ça ?

Peter désigna une branche près de lui.

– Je me suis fait une canne.

Son doigt tremblait. Il laissa retomber sa main.

La femme hocha la tête et plaça ses mains autour de son talon.

– Je vais le faire bouger, annonça-t-elle. Tu es prêt ?

– Non ! Ne me touchez pas !

Mais la femme commença à examiner son pied, en lui lançant des ordres :

– Bouge ton gros orteil. Tous les doigts, maintenant. Incline ton pied à droite et à gauche.

Peter grimaça de douleur, mais fit tout ce qu'elle lui demandait.

– Tu as de la chance, déclara-t-elle en reposant le pied de Peter sur le pull. Une fracture sans déplacement du cinquième métatarsien. Autrement dit, tu t'es cassé proprement l'os extérieur du pied.

– De la chance ? Vous trouvez que j'ai de la chance de m'être cassé le pied ?

La femme recula, posa violemment sa jambe de bois près de la main de Peter, et enfonça sa lame dans le bois.

– Eh bien, voyons… Est-ce qu'une simple fracture du pied peut être considérée comme une chance ?…

– D'accord, d'accord, j'ai compris. Désolé.

Elle retira son couteau de sa jambe et le pointa vers lui.

– Tu es jeune. Tu porteras un plâtre pendant six semaines, peut-être, et tu guériras sans problème.

– Comment le savez-vous ? Vous êtes médecin ?

– J'ai fait des études de médecine. Dans une autre vie.

La femme se redressa avec effort et observa Peter comme si elle venait de tirer ses conclusions.

– Un fugueur, dit-elle en croisant les bras sur sa poitrine et en le toisant, tête penchée sur le côté. C'est bien ça ? Tu t'es enfui de chez toi ?

– Non ! Non, je faisais juste… une randonnée.

Elle plaqua les mains sur ses oreilles et fronça les sourcils.

– Je suis désolée, je n'ai pas entendu. Mon détecteur de mensonges s'est déclenché. On recommence : tu t'es enfui de chez toi ?

Peter soupira.

– Pas exactement.

– Dans ce cas, qu'est-ce que tu faisais *exactement* quand tu es passé sur mes terres avec tes vêtements de rechange et tes provisions, Peter-sans-batte ?

– Eh bien, je ne me suis pas enfui de chez moi, mais je me suis enfui pour rentrer chez moi.

– Tiens, voilà autre chose. Continue.

Peter regarda la fenêtre au-dessus de l'établi. De grands sapins transperçaient le ciel matinal encore pâle, et quelques corneilles se disputaient bruyamment sur les plus hautes branches. S'il avait existé une histoire lui permettant de sortir de cette grange et de reprendre sa route vers Pax, il l'aurait racontée. Il serait parti tout de suite, avec sa fracture du cinquième métatarsien et tout le reste. Mais si une telle histoire existait, elle ne lui vint pas à l'esprit. Il s'adossa au mur.

– La guerre. Elle arrive dans notre ville. Ils vont passer la rivière. Mon père a dû s'engager. Ma mère est morte, et nous ne sommes que tous les deux. Donc il m'a emmené…

– Quel âge a ton père ?

– Hein ? Il a trente-six ans. Pourquoi ?

– Dans ce cas, il n'a pas *dû* faire quoi que ce soit. Si le contingent est envoyé, ça ne concernera que ceux qui ont entre dix-huit et vingt ans. Des gamins, à qui on peut facilement laver le cerveau. Par conséquent, si ton père est parti, c'est qu'il s'est porté volontaire. C'était un *choix*. Commençons cette histoire en disant la vérité. C'est la règle, ici.

– OK, d'accord. Il a choisi de s'engager. Et il m'a emmené chez mon grand-père, et…

– Et ça ne te plaisait pas, là-bas.

– Ce n'est pas ça. C'est… Euh, est-ce que vous pourriez ranger ça ?

La femme baissa les yeux et eut l'air surprise de trouver le couteau dans sa main. Elle se réprimanda à voix haute :

– Quelles mauvaises manières, Vola. Tu as oublié comment on se comporte avec un invité ! (Elle jeta le couteau sur l'établi.) Continue.

– J'avais un renard. *J'ai* un renard. Nous l'avons relâché dans la nature. Sur le bord de la route. Mon père m'a dit que c'était nécessaire, mais je n'aurais jamais dû faire ça.

Depuis le moment où ils avaient abandonné Pax, Peter était torturé par tout ce qu'il aurait dû dire à son père. Cela sortit d'un seul coup :

– Je l'ai élevé depuis qu'il était bébé. Il avait confiance en moi. Il n'est pas capable de survivre dans la nature. Je me fiche que ce soit « juste un renard ». C'est comme ça que mon père l'appelle, « juste un renard », comme s'il ne valait pas autant qu'un chien !

– Je vois. Tu étais en colère, donc tu t'es enfui.

– Je n'étais pas en colère. Je ne suis pas en colère. Mais mon renard a besoin de moi. Je vais retourner là-bas et le retrouver.

– Plus maintenant. Changement de programme.

– Si. Il faut que je le retrouve et que je le ramène à la maison.

Peter se mit à genoux en ravalant un cri de douleur. Il attrapa sa branche et essaya de s'en servir pour se mettre debout, mais il retomba, épuisé par ce simple effort.

– Là, comme ça ? Tu continues à y croire ? C'est loin, l'endroit où vous l'avez laissé ?

– À environ trois cents kilomètres d'ici, admit Peter. Peut-être plus.

– *Pff*... Dans l'état où tu es, tu ne ferais pas trois kilomètres. Si tu pars, tu serviras de nourriture aux ours – et encore, si tu ne meurs pas d'hypothermie dès la première nuit : tu ne pourras pas bouger suffisamment pour avoir chaud.

Elle s'adossa à l'établi en enroulant un foulard autour de son doigt, et Peter comprit qu'elle cherchait une solution. Elle n'avait plus l'air aussi folle, maintenant, juste plongée dans ses pensées.

Et peut-être inquiète. Enfin, elle sembla prendre une décision.

– Quelqu'un va forcément venir ici à ta recherche. Je ne veux pas de ça. Il faut que tu partes. Mais je ne peux pas te renvoyer comme ça – j'ai déjà bien assez de choses sur la conscience. Je vais te bander le pied et te donner quelque chose contre la douleur, quelque chose de légal pour un enfant, et ensuite…

– Je ne suis pas un enfant. J'ai presque treize ans.

Vola haussa les épaules.

– … et ensuite, tu partiras. Il y a une station-service pas très loin d'ici, sur la nationale. Tu pourras téléphoner à ton grand-père pour qu'il vienne te chercher.

– Je ne veux pas retourner chez lui. Je vais aller chercher mon renard.

– Pas dans cet état-là. Tu ne peux pas poser de poids sur ce pied cassé jusqu'à ce que l'os soit réparé. Il faudra au moins six semaines. Tu pourras toujours faire une autre tentative après.

– Dans six semaines ? Non, ce sera trop tard. Mon renard…

– Rappelle-toi que je sais ce que ça implique de se déplacer avec une seule jambe. Pour voyager avant que cet os soit guéri, il faudrait que tu apprennes à te porter avec tes épaules et tes bras.

Il faudrait que tu deviennes fort autrement. C'est presque impossible pour un adulte, alors pour un enfant…

– Je ne suis pas un enfant !

Vola leva une main pour le faire taire.

– Tu vas rentrer chez ton grand-père et te faire mettre un plâtre. Mais d'abord, je vais te bander le pied et te fabriquer quelque chose de plus pratique que cette branche pour marcher.

Vola se redressa et quitta la grange. Peter la regarda disparaître sur un chemin bordé de sapins, boitant si bas que ses déhanchements avaient l'air douloureux. Puis il rampa sur le sol et remit ses affaires dans son sac. Ensuite, il se leva en s'agrippant à l'établi. Cet effort lui fit tourner la tête, et il lui fallut serrer la table de toutes ses forces jusqu'à ce que son vertige disparaisse. À présent qu'il était debout, son pied pulsait douloureusement, et quand il essaya de le poser doucement par terre, il comprit qu'il ne pourrait pas s'appuyer dessus. Mais Vola allait lui faire un bandage. Ensuite, il pourrait marcher. Il le fallait.

Il se hissa sur le plan de travail pour attendre.

Même avec sa lampe de poche, il n'avait pas pu voir grand-chose de la grange la veille au soir. Il étudia ce qui l'entourait. Le sol était balayé, et des sacs de graines et d'engrais étaient empilés proprement près de la porte. La pièce sentait la

paille fraîche et le bois, non les animaux, même s'il entendait des poules à côté.

L'établi occupait tout un pan de mur. Il était couvert de petits instruments et de morceaux de bois. En face, sombre à côté du rectangle clair de la porte, une toile de jute recouvrait un ensemble d'objets accroché au mur.

Un autre frisson le secoua, mais pas à cause du froid, cette fois. Les objets recouverts avaient des formes de têtes. Il pouvait y avoir toutes sortes de choses innocentes accrochées à un mur de grange, mais celles-ci ressemblaient vraiment à des têtes humaines.

Sa gorge se dessécha et son cœur se remit à battre violemment. Il avait été stupide, et imprudent. La folle le laisserait sans doute partir (quelle raison aurait-elle de ne pas le faire ?), mais peut-être pas. Il trouva le couteau qu'elle avait laissé et entoura le manche lisse avec sa paume. Quoi qu'il se passe entre eux, Vola aurait certainement l'avantage, mais cela ne signifiait pas qu'il ne pouvait pas se défendre. Il glissa le couteau dans sa poche juste au moment où elle réapparaissait sur le seuil.

– Tiens, bois ça.

Elle tendit à Peter une tasse, et posa un bol près de lui. Peter renifla la tasse.

– Du cidre, expliqua-t-elle. Il y a une dose d'écorce de saule à l'intérieur, donc bois tout.

– De l'écorce de saule ?

– De l'aspirine végétale.

Peter reposa la tasse. Il était hors de question qu'il boive un breuvage concocté par une démente.

– Comme tu voudras.

Vola prit le bol et entreprit de remuer la substance verte qu'il contenait avec un doigt.

– Qu'est-ce que c'est ?

– Un cataplasme. Avec de l'arnica pour l'hématome, et de la consoude pour la fracture.

Elle lui fit signe d'allonger sa jambe sur l'établi. Le cataplasme qu'elle étala sur sa peau brûlante et tendue était frais, apaisant. Elle dénoua un foulard de la bretelle de sa salopette et l'enveloppa autour de son pied, puis entoura une autre écharpe par-dessus afin qu'il soit bien serré. Quand elle eut terminé, elle se redressa et s'essuya les mains sur sa salopette.

– Combien mesures-tu ?

– Un mètre soixante. Pourquoi ?

Vola ne répondit pas. Elle fouilla dans une pile de bois de construction, en sortit plusieurs morceaux longs et étroits qu'elle posa sur un chevalet, et entreprit de les scier par paires de longueurs égales. Le bois coupé avait une odeur fraîche et propre. Quand elle cloua des planches courtes en travers de deux longues perches, Peter comprit. Des béquilles. Elle était en train de lui confectionner une paire de béquilles. Le couteau qu'il avait volé se fit plus lourd contre sa cuisse.

En quelques minutes, Vola mit des renforts d'angle sur les planches supérieures et vissa des traverses où il pourrait poser les mains. Elle compara la taille des béquilles à celle du garçon, et scia deux centimètres au bout de chacune.

Ensuite, elle déplia un vieux pneu pris dans un coin de la grange. Elle se dirigea avec vers l'établi. Le fouilla du regard sur toute la longueur. Se tourna vers Peter, dont les joues brûlaient.

– As-tu pris mon couteau ?

Sa voix était devenue dangereuse, comme une substance qui aurait pu s'enflammer brusquement et exploser en arrachant le toit de la grange. Peter eut un nouveau vertige, et son cœur se remit à tambouriner. Il sortit le couteau de sa poche et le lui tendit.

– Pourquoi ?

Peter avala péniblement sa salive. Il ne trouvait plus ses mots.

– Pourquoi ? insista-t-elle.

– Parce que… Parce que j'avais peur que vous me tuiez.

– Que je te tue ? Pourquoi ? Vivre dans la forêt fait de moi un assassin ?

Peter désigna d'un geste d'épaule le mur d'outils.

– Mes outils ? J'ai dix hectares de forêt à gérer. Et je travaille le bois. Tu croyais que c'était des armes ?

Peter baissa la tête, honteux.

– Regarde-moi, gamin.

Il lui fit face.

– Peut-être as-tu raison, dit-elle en le clouant des yeux. Peut-être as-tu remarqué quelque chose. Peut-être que je suis… (Elle leva lentement les mains, rassembla les doigts devant le visage de Peter, puis les ouvrit brusquement.)… Boum ! Dangereuse, comme ça… Sans prévenir.

Peter grimaça.

– Non. Je suis désolé. J'ai eu tort.

Vola leva une paume pour le faire taire et lui tourna le dos. Elle découpa quatre bandes de caoutchouc dans le pneu, puis les enroula autour des traverses et des crosses supérieures, avant de les attacher avec de la ficelle, en silence. Enfin, elle lui tendit les béquilles.

Peter en mit une sous chaque bras et se laissa glisser de l'établi. À se retrouver debout, en équilibre, avec son pied blessé prudemment relevé, il se sentit mieux immédiatement.

– Ce sont tes paumes qui portent ton poids. Pousse-toi vers le haut ; ne te suspends pas. Plante les béquilles dans le sol, puis balance-toi en avant.

Peter voulut la remercier, mais Vola lui coupa de nouveau la parole.

– Au bout du chemin, il y a la nationale. Tourne à gauche, et dans trois cents mètres, tu arriveras à une station-service. À partir de là, tu te débrouilleras.

Elle l'aida à remettre son sac à dos, puis cessa de le regarder, ramassa un bout de bois et commença à découper des copeaux, comme s'il n'était plus dans la grange.

Peter essaya d'avancer d'un pas vers la porte. Il chancela un peu, mais pas trop.

– Ça, c'était un saut, dit Vola sans lever le regard. Je t'ai dit de te balancer. Maintenant, fiche le camp.

Pendant un moment, Peter ne bougea pas. Il ne savait pas où aller. Il n'était certain que d'une chose : il ne retournerait pas chez son grand-père.

Vola lui fit face et se pencha vers lui, en rassemblant à nouveau ses doigts et en les étalant brusquement devant lui.

– File. Pendant qu'il est encore temps.

9

Tandis qu'il traversait le bois qui surplombait la prairie, Gris s'arrêta brusquement, le nez en l'air.

Encore.

Il leva le museau pour juger plus précisément l'odeur.

Plus fort.

Pax, déjà hésitant, se raidit.

Gris se hâta vers la bordure du bois.

Un solitaire me défie. Il veut ce territoire, mais il veut surtout impressionner la jeune renarde : elle choisira un compagnon cet hiver.

Pax le suivit et contempla la scène un peu plus bas. Quatre renards occupaient la prairie. Hérissée et Avorton se tenaient côte à côte, le bout noir de leurs oreilles tendu vers les deux autres, qui se faisaient face sur un rocher à mi-hauteur de la colline. L'un des deux était une femelle, plus sombre que Hérissée, au ventre gros de petits. L'autre était un grand mâle à la fourrure fauve et rêche. Les poils étaient dressés sur sa nuque, et son oreille gauche était déchiquetée.

Gris jappa pour annoncer sa présence. Son rival fit aussitôt demi-tour, projetant des gouttes de sang en arc-de-cercle à partir de son oreille, et fonça vers le bas de la colline.

Gris descendit, Pax sur les talons. Lorsque Gris arriva devant Hérissée et Avorton, sa simple présence sembla les calmer, comme la caresse d'une main invisible sur leur dos. Quand il fut passé, Avorton dansa d'excitation de voir Pax, mais Hérissée découvrit les crocs et grogna.

Pax se hâta de suivre Gris. Le vieux renard grimpa sur le rocher pour rejoindre sa compagne ; Pax resta respectueusement en bas et s'assit. La renarde salua Gris avec affection. Puis elle partagea les nouvelles.

Le vent venait de l'ouest, ce matin. Il apportait l'odeur du feu. Nous devons partir bientôt.

Elle étudia Pax.

L'étranger sent l'humain.

Hérissée et Avorton s'approchèrent, guettant la réponse de Gris.

Il veut retourner auprès des humains avec qui il vivait, au sud. Je vais voyager avec lui à la recherche d'un nouveau territoire. Lui et moi allons nous reposer, et nous mettre en route ce soir.

Derrière lui, Hérissée grogna à nouveau, et Pax eut envie de partir en courant. Son garçon ; la seule chose qu'il voulait était trouver son garçon. Mais l'instinct lui soufflait qu'il avait d'abord besoin de repos et de nourriture. Il communiqua son accord. Gris et sa compagne s'enfoncèrent alors silencieusement dans la prairie verte.

Avorton sautilla vers Pax jusqu'à lui rentrer dedans. Il fit tomber devant lui le petit soldat qu'il tenait dans sa joue, invitant Pax à jouer avec lui. Mais Hérissée s'interposa et repoussa le jouet d'un coup de patte.

Humain. Rappelle-toi le danger.

Avorton ramassa le jouet et le tint ostensiblement dans ses dents en signe de défi. Pax sentit qu'Avorton allait avoir de vrais ennuis, et que c'était sa faute. Il avait souvent eu ce sentiment avec son garçon et le père, et l'une de ses stratégies avait consisté à disparaître, comme si cela pouvait protéger son garçon de la colère de l'homme. Il recula, mais Hérissée n'était toujours pas satisfaite.

Ne t'approche pas d'Empeste-l'humain, ordonna-t-elle à son frère. *Rappelle-toi le danger.*

Pax fit un pas en avant.

Mes humains ne sont pas dangereux.

Avorton eut l'air alarmé, comme si Pax avait provoqué sa sœur. Il voulut courir vers l'entrée de leur terrier, en haut de la colline, mais sa sœur fut plus rapide. Elle l'intercepta, et quand il essaya de repartir dans une autre direction, elle le retint d'une lourde patte jusqu'à ce qu'il s'immobilise, vaincu.

Tous les humains sont dangereux…

La fourrure de Pax se hérissa et frissonna devant la scène qu'elle lui présentait : le vent, froid, hurlant, lourd de neige imminente. Pax reconnut ce vent. Il savait déjà que l'histoire qu'elle allait lui raconter se terminerait par du sang sur la neige et sur de froides mâchoires d'acier.

Hérissée découvrit ses crocs, et commença.

Au renfoncement dans le mur, là où il avait vu le cerf, Peter s'arrêta.

Il saignait déjà – il avait trébuché et avait déchiré la peau tendre à la base de son pouce sur une écharde – et transpirait abondamment. Ses bras tremblaient à cause de l'effort qu'ils avaient dû fournir pour soulever son poids pendant ces quelques minutes, ses paumes étaient à vif à force de frotter contre le caoutchouc des traverses, et la pulsation dans son pied droit était aussi menaçante que l'orage, mais le vrai problème n'était pas là. Ce n'était même pas la perspective de retourner dans la maison lugubre de son grand-père.

Il allait dans la mauvaise direction.

Il fit demi-tour. Il planta ses béquilles dans le sol et se balança plus loin, planta et se balança, jusqu'à ce qu'il se retrouve sur le seuil de la grange de Vola. Il se redressa de toute sa taille.

– Non.

Vola leva brusquement la tête. Elle lui adressa un regard torve, mais sur son visage, Peter détecta un éclair d'une autre émotion : la peur.

– Je ne rentrerai pas chez mon grand-père, déclara-t-il fermement. Que vous m'aidiez ou non, je vais aller chercher mon renard.

– T'aider ?

Peter avança jusqu'à l'établi et se hissa dessus.

– Apprenez-moi. Ce que vous avez dit, sur la manière de se déplacer avec les bras, de devenir fort. Vous avez appris à marcher avec une seule jambe : montrez-moi. Vous avez fait des études de médecine : plâtrez-moi le pied. Je vous en prie. Je ferai tout ce que vous me demanderez.

Il prit la tasse de cidre et la but d'un trait pour lui prouver qu'il lui faisait confiance.

– Ensuite, je partirai. Mais même si vous ne m'aidez pas, j'irai le chercher.

Vola posa ses mains sur ses hanches et le regarda dans les yeux.

– Un renard apprivoisé, relâché dans la nature ? Tu sais qu'il est peut-être déjà mort, n'est-ce pas ?

– Je sais. Et ce serait ma faute. S'il est mort, il faut que je le ramène à la maison et que je l'enterre. D'une manière ou d'une autre, je vais aller chercher mon renard et rentrer à la maison.

Vola étudia Peter comme si elle le voyait pour la première fois.

– Qu'est-ce que tu veux réellement ? Ton renard, ou ta maison ?

– C'est la même chose, dit Peter sans hésiter, même s'il était lui-même surpris de cette réponse.

– Et tu partiras même si on essaie de t'en empêcher ? Parce que tu sens du fond de l'âme que c'est ce que tu *dois* faire ? (Elle ferma le poing et se frappa la poitrine.) Du fond de l'âme ? C'est bien ça ?

Peter attendit avant de répondre, parce que cette femme – peut-être folle, peut-être pas – lui avait posé la question comme si le destin du monde en dépendait. Mais la réponse fut la même que s'il l'avait lancée spontanément, et la même que s'il y avait réfléchi pendant toute sa vie.

Il frappa sa propre poitrine et sentit le muscle de son cœur bondir à l'intérieur.

– Oui. Je dirais même qu'il n'y a rien d'autre que je sache du fond de l'âme.

La femme hocha la tête.

– Ma foi, tu as douze ans. J'imagine que tu es assez grand pour te connaître toi-même. Je ne vais pas m'opposer à ça. Donc c'est d'accord.

– Vous m'aiderez ?

– Je t'aiderai, confirma-t-elle en lui tendant la main pour qu'il la serre. À trois conditions…

11

Mon frère est issu de la seconde portée de ma mère. Les petits sont nés au début de la saison. L'année dernière, le printemps est arrivé tard. La neige tombait et ne fondait pas ; la terre restait gelée en dessous. Je vivais à côté ; j'aidais à chasser. Toute la journée, mes parents et moi cherchions de la nourriture, car les petits avaient toujours faim. Mais il n'y avait jamais assez à manger.

Deux des renardeaux de la portée sont morts le même jour. Allons à la ferme, a proposé notre mère. À la ferme des humains, il y avait toujours des souris bien grasses dans la grange chaude. À la ferme des humains, il y avait des œufs dans le poulailler.

Notre père ne voulait pas prendre ce risque.

Quand un troisième petit est devenu trop faible pour se tenir debout, notre mère ne l'a plus écouté.

Avorton leva la tête et adressa un regard suppliant à Hérissée. Elle l'ignora.

Elle est partie avec moi et le plus fort de ses petits – ma sœur – à la ferme des humains.

Avorton s'approcha de Pax et enfouit son museau dans son épaule. Hérissée riposta en lui donnant un coup sur le visage, même si Pax remarqua qu'elle n'utilisait pas ses griffes. Avorton se laissa tomber sur le sol.

Autour de la ferme, la neige avait été effacée par de nombreuses traces de pas, d'animaux aussi bien que d'humains. L'air était riche d'odeurs de rongeurs. Notre mère s'est dirigée vers un interstice entre les planches en bois, près du sol. Nous la suivions à quelques longueurs de queue. Juste avant qu'elle ne l'atteigne, des mâchoires d'acier ont sauté de terre si vite que l'air a claqué. Notre mère a crié. Les mâchoires avaient attrapé sa patte avant. Plus elle se débattait, plus le métal s'enfonçait dans sa chair. Elle a commencé à mordre sa patte pour se libérer. À chaque fois que nous essayions de nous approcher, elle nous commandait de partir.

Notre père est apparu. Il avait suivi nos traces. Il a repoussé ma sœur et moi jusqu'aux fourrés et nous a ordonné de rester là. Puis il est allé aider notre mère.

La scène qu'elle lui fit voir représentait deux renards liés à la fois par un amour ancien et une peur nouvelle, une peur si terrible que leurs yeux roulaient dans leurs orbites, si vive que Pax sentait son odeur aigre.

Avorton se mit à gémir, un bruit pitoyable qui donna envie à Pax de le réconforter, mais Hérissée l'avertit de se tenir à distance.

Un humain arriva alors, avec un bâton. Nos deux parents nous crièrent de nous enfuir, de rentrer à la maison. Nous sommes restées. Nous avons vu. L'humain a levé le bâton, et sous nos yeux, notre mère et notre père ont explosé en une masse de sang et de fourrure et d'os brisés éparpillés sur la neige.

Avorton gémit et recommença à se diriger vers le terrier, mais encore une fois, Hérissée l'arrêta.

Ma sœur et moi ne pouvions pas abandonner les corps de nos parents. L'obscurité est tombée, puis le jour suivant est arrivé, mais nous sommes restées cachées dans une pile de bois à côté de la grange. Finalement, nous sommes parties, mais cette nuit-là, il s'est mis à neiger. La neige a effacé tous les bruits, toutes les odeurs. Nous nous sommes perdues. Nous avons rampé sous les branches basses d'un sapin, et je me suis enroulée autour de ma sœur, qui était bien plus petite que moi. Au matin, elle est morte. Quand la neige a cessé, j'ai constaté que nous nous étions réfugiées sous le grand pin au sommet de la crête. Nous étions en vue de la maison.

L'image qu'elle partagea alors – le cadavre gelé de sa sœur sous le sapin imposant – sembla l'exténuer.

Pourquoi n'avons-nous pas de famille, mon frère ?

Avorton se tourna vers Pax.

À cause des humains, nous n'avons pas de famille.

Hérissée fixa ses yeux dorés sur Pax, le mettant au défi de riposter.

S'il avait pu, il lui aurait fait connaître chaque gentillesse de chaque jour passé avec son garçon. Mais la haine qu'elle éprouvait pour les humains était profonde et juste. Il se contenta d'offrir sa joue en signe de compassion. Hérissée se détourna et ordonna à son frère de rentrer dans le terrier.

12

Tu entres, ou je garde juste la porte ouverte pour les mouches ?

Peter laissa tomber son sac. Il reprit son équilibre sur ses béquilles et contempla la cabane en rondins.

– Ces arbres ont poussé ici.

Ce n'était pas une question, mais Vola hocha la tête et désigna le haut de la colline.

– Des épicéas. Comme dans le jeu des chalets suisses. C'est à ça que tu pensais ?

– Plus ou moins.

Mais ce n'était pas le cas. Peter tendit la main pour toucher un rondin. Quel effet cela pouvait-il faire de construire quelque chose d'aussi… substantiel ? De couper des arbres, et de les regarder tomber du ciel bleu limpide, et de faire rouler les troncs jusqu'à une clairière, les mains poisseuses de sève odorante, et de les entailler et de les soulever et de les entasser les uns par-dessus les autres (comme dans le jeu de construction contenu dans une vieille boîte en carton qui avait été un de ses passe-temps favoris à la maternelle, en effet) et se retrouver avec une *maison* ?

– C'est vous qui l'avez construite ?

– Non. C'était avant moi. Maintenant, entre. Je n'ai pas toute la journée.

Peter ne bougea toujours pas.

– Quelles sont les conditions ? Vous m'avez dit que vous me le diriez quand nous serions arrivés ici.

Vola soupira et fit un pas en arrière sur le bloc de granit qui constituait le perron, laissant la porte se refermer. Elle ramassa un pot de graines, et un nuage d'oiseaux descendit des arbres en voletant pour l'entourer. Elle remplit une mangeoire accrochée à un chevron dans l'angle du toit, avant de se retourner pour lui répondre.

– Numéro un : je ne veux personne ici. Il y a une bonne raison pour laquelle je vis toute seule. Tu vas écrire à ton grand-père et lui dire ce qu'il faut lui dire pour que personne ne vienne fouiner par ici. De toute façon, c'est bien le moins de faire savoir à ta famille que tu n'es pas mort quelque part dans un fossé.

Peter se rejeta en arrière si brusquement qu'il faillit tomber. Ce mouvement lui causa une douleur brûlante, mais il se mordit les lèvres.

– Non. Il viendrait me chercher. Non.

– Condition numéro un. Non négociable.

Elle ramassa quelques graines dans le pot, les plaça sur sa paume ouverte et tendit la main. Une mésange quitta la mangeoire et vint se percher sur ses doigts pour picorer. Quand les graines furent toutes englouties, Vola la rejeta en l'air. Elle fit ensuite face à Peter :

– Numéro deux : tu vas me raconter pourquoi tu portes ce bracelet sur toi.

Peter jeta un coup d'œil à son sac et sentit son cœur qui se crispait pour protéger cette question, si privée.

– Pourquoi ?

– Parce que je suis curieuse. Je veux te connaître. Et on peut comprendre bien des choses sur un soldat en regardant ce qu'il emporte dans la bataille.

– Je ne suis pas un soldat. Je veux juste rentrer chez moi.

– Si tu le dis. Moi, j'ai la nette impression que tu es en train de te rendre dans un endroit où la guerre fait rage et que tu veux te battre pour quelque chose. Mais comme tu voudras : tu n'es pas un soldat. La condition numéro deux reste la même : quand je te poserai la question, tu me diras pourquoi tu as pris ce bracelet. Pourquoi cet objet-là et pas un autre. La vérité : c'est la règle, ici. D'accord ?

Peter hocha la tête. Son pied droit lui faisait mal, sa jambe gauche ployait sous le fardeau supplémentaire qu'elle devait porter, et sa chemise était trempée de sueur à cause de l'effort qu'il avait dû fournir pour parcourir la centaine de mètres les séparant de la grange, mais il demeura bien droit.

– Et la condition numéro trois ?

– Tu vas m'aider à faire quelque chose. Ne fais pas cette tête. Ne t'inquiète pas : c'est juste un projet pour lequel j'ai besoin d'une deuxième personne, c'est tout. Mais je ne suis pas encore prête à te dire de quoi il s'agit.

Elle ramassa le sac à dos.

– Rentre. Il faut que ton pied se repose. Et je parierais que tu as faim, monsieur Je-ne-me-suis-pas-exactement-enfui-de-chez-moi, Peter-sans-batte.

Peter se rendit soudain compte qu'il était affamé. Pourtant, il hésita. Il pivota sur lui-même pour regarder les collines que le soleil allumait d'un bleu ardoise. Pax était quelque part dans cette direction. Si loin encore.

Vola s'approcha par-derrière. Peter vit qu'elle levait une main vers son épaule, puis la laissait retomber.

– Je sais à quoi tu penses, lui dit-elle. Mais tu n'es pas encore assez fort pour y aller.

L'intérieur de la cabane était lumineux et sentait légèrement la fumée. Vola tapota sur une table en pin, et Peter s'y installa. Elle déposa une couverture sur ses épaules, puis sortit et revint avec un sac plastique rempli de glaçons. Elle plaça le pied du garçon sur une chaise et cala le sac de glace contre la fracture. Avec un torchon, elle nettoya le sang sur sa main. Enfin, elle lui passa une planche à découper ainsi qu'une miche de pain et un couteau.

Peter les posa sur la table.

– Combien de temps est-ce que ça va prendre ?

– Cela dépend de toi. (Elle lui désigna le pain.) Qu'est-ce qui t'arrive, tu ne peux pas non plus te servir de tes mains ? Coupe des tranches.

– Combien de temps ?

– Tu pourras partir quand tu seras capable de marcher sur un terrain irrégulier avec ces béquilles pendant huit heures par jour. Environ deux semaines, je dirais. Six tranches.

– Vous ne comprenez pas. Il ne survivra pas !

Vola baissa la tête pour le fixer sévèrement. Elle désigna du pouce le mur dans son dos.

– Numéro onze.

Peter se retourna. Plusieurs fiches cartonnées étaient punaisées en désordre sur un mur. Il lut à voix haute ce qui était écrit sur la fiche où était griffonné le nombre 11 :

– *Le plus gros des fleuves peut passer à travers une paille, du moment que la paille est alignée au courant et non de travers.* Qu'est-ce que ça veut dire ?

– Ça veut dire que tu dois t'aligner, gamin.

– M'aligner ?

– Comprendre la situation, et l'accepter. Tu as un pied cassé. Cassé. Le contrat, c'est que tu restes jusqu'à ce que je te dise que tu es prêt. Je te l'ai déjà dit, j'ai déjà bien assez de choses sur la conscience. Donc tu as le choix : soit tu restes ici aussi longtemps que je te le dirai, soit tu retournes tout de suite chez ton grand-père. Tu as changé d'avis ?

– Non, mais…

– Alors, accepte la situation telle qu'elle est, d'accord ? Maintenant, coupe ce *dyableman* pain !

Peter ouvrit la bouche pour protester, puis la referma. Il n'avait pas l'intention de rester deux semaines, mais pour l'instant, il valait mieux avoir l'air docile et serviable.

Il se mit au travail et coupa six tranches épaisses et régulières tandis que Vola jetait un morceau de beurre dans une poêle et allumait une flamme dessous. Sans se retourner, elle désigna une étagère au-dessus du plan de travail.

– Choisis.

Alignés sur trois rangées, des bocaux brillaient comme un arc-en-ciel de joyaux liquides, sur toute la longueur de l'étagère. Peter déchiffra les grosses lettres des étiquettes : CERISES, PRUNES, TOMATES, MYRTILLES, POMMES, COURGES, POIRES, HARICOTS VERTS, BETTERAVES, PÊCHES. Des tresses d'ail séché et des piments étaient accrochés à côté de l'étagère.

– C'est vous qui faites pousser tout ça ?

Vola hocha la tête, toujours le dos tourné.

– Les arbres qui sont près de votre mur sont en fleur. Qu'est-ce que c'est ?

– Juste à côté du muret ? Des pêchers.

Il désigna un bocal posé tout au bout de l'étagère.

– Des pêches. S'il vous plaît. Madame.

Vola ouvrit le bocal et lui tendit une fourchette.

– Euh… il y a une espèce de brindille dedans…

Vola plongea deux doigts dans le bocal, mit le bâtonnet dans sa bouche, suça le sirop, jeta le bâtonnet dans l'évier par-dessus son épaule, et leva les yeux au ciel.

– *Pff*. De la cannelle. Mange.

Elle ramassa le pain qu'il avait coupé avec un bref signe de tête approbateur.

– Cheddar ou emmental ?

– Euh, du cheddar, je crois.

Vola se redressa.

– Tu *crois* ? Tu ne sais pas ?

Peter haussa les épaules et attrapa un morceau de pêche avec sa fourchette. Leur goût était aussi lumineux et doré que leur aspect.

Vola semblait avoir encore bien des choses à dire au sujet de cette histoire de fromage, mais elle serra les lèvres, pivota sur sa jambe de bois et sortit pesamment par la porte de derrière. Elle revint un moment plus tard avec un gros morceau de fromage, puis entreprit de confectionner des croque-monsieur en silence. Quand elle les pressa contre la poêle chaude, Peter les entendit grésiller.

Il examina la cabane. Elle n'était pas grande, mais on ne s'y sentait pas non plus à l'étroit. Le soleil pénétrait à flots par les vitres propres, faisant rayonner les murs en rondins. Deux fauteuils bleus à rayures entouraient une cheminée en pierre, et entre les deux, une malle sur laquelle étaient empilés des livres servait de table basse. Des lanternes étaient posées sur des petits tonneaux tandis que d'autres étaient suspendues aux poutres.

Il y avait des photos sur la cheminée, quelques tableaux au mur, et un panier plein de pelotes de laine à côté d'un fauteuil. À travers une porte ouverte, près de la cheminée, Peter distingua le coin d'un lit, fait, couvert d'un édredon jaune à carreaux. C'était une maison étonnamment normale pour une folle. Pourtant, il y manquait quelque chose. Peter remarqua que tout était très tranquille – silencieux, même, en dehors des pépiements d'oiseaux dehors et du beurre qui grésillait

– mais ce n'était pas ça. Pas seulement. Tout à coup, il comprit :

– Eh ! Vous n'avez pas l'électricité !

La femme retourna les croque-monsieur.

– À ma connaissance, ce n'est pas un crime, dans ce pays. Pas encore.

Peter songea à tout ce qui lui manquerait sans électricité, mais il y avait trop de choses pour qu'il puisse les énumérer. Il pêcha le dernier morceau de fruit en faisant tinter sa fourchette contre le bocal vide. Vola lui tournait toujours le dos ; il souleva le bocal pour avaler les dernières gouttes de sirop.

– Mais… attendez : et les glaçons ? D'où viennent-ils ?

– Il y a un frigidaire, sous la véranda. Il fonctionne au gaz. Tout comme la cuisinière et le chauffe-eau. J'ai tout ce dont j'ai besoin.

Elle posa deux assiettes bleues sur la table. Cela sentait si bon que Peter en eut l'eau à la bouche, mais il attendit. Il pressentait que Vola n'avait pas fini.

– J'ai même plus que ce dont j'ai besoin. (Elle s'assit.) J'ai trouvé la paix, ici.

– Parce que c'est si tranquille ?

– Non. Parce que je suis exactement là où je dois être, et que je fais exactement ce que je dois faire. C'est ça, la paix. Mange.

Peter mordit dans son croque-monsieur. Le fromage était chaud et coulant, même au centre ; le pain, grillé, craquant et marron.

Par habitude, il en coupa un coin et était sur le point de tendre la main vers le bas quand il se rappela qu'il n'y avait pas de renard sous la table. Il se demanda s'il manquait autant à Pax que Pax lui manquait.

– Vous ne vous sentez pas trop seule, ici ?

– Je vois des gens. Bea Booker, bibliothécaire. Robert Johnson, chauffeur de car. J'ai… je vois des gens.

Elle se leva, apporta la poêle et fit glisser un autre croque-monsieur dans l'assiette de Peter.

– Mange.

Peter mangea, en pensant à ce qu'elle avait dit sur la paix. Quand il eut terminé, il lécha les miettes imprégnées de beurre qui étaient restées collées à ses doigts.

– Qu'est-ce que vous voulez dire quand vous dites que vous faites exactement ce que vous devez faire ? Vous travaillez ?

– Bien sûr que je travaille ! Le potager mesure deux mille mètres carrés, et le verger le double. Aujourd'hui, je vais planter des haricots et du gombo. Peut-être aussi remplacer le joint de la pompe du puits. Il y a toujours plein de choses à faire.

– Mais vous n'avez pas un métier, un salaire ? Comment faites-vous pour acheter des trucs ? Comme les outils dans la grange, ou… toutes vos affaires ? demanda-t-il en désignant ce qui les entourait.

Vola s'assit sur le plan de travail, tendit sa jambe de bois et la tapota avec la spatule.

– L'État me verse un peu d'argent chaque mois en échange de ma jambe. Le prix du sang.

Elle jeta la spatule dans l'évier et secoua la tête.

– Un *dyableman* échange. Apparemment, ma jambe ne valait pas tant que ça. Dommage qu'on ne me l'ait pas dit avant de m'envoyer explorer un champ de mines. Parce que j'aimais bien ma jambe, figure-toi. C'était une bonne jambe. Pas forcément superbe, mais elle faisait du bon boulot. Elle m'avait permis de courir jusqu'à la ville voisine quand Deirdre Callanan et moi avions mis le feu au bûcher de son père, en sixième, et avait effacé le sourire de Henry Valentine quand il avait essayé de me toucher les fesses, l'année suivante. Et je pourrais continuer. Une jambe est un énorme prix à payer. Chaque jour, tous les jours, je regrette de ne plus l'avoir.

– Comment se fait-il que vous n'en ayez pas une qui soit plus…

La femme tendit de nouveau la jambe et tira sur son pantalon pour regarder le bout de bois.

– Oh, on m'a donné une prothèse. Un machin très sophistiqué. Ça me fichait la trouille chaque fois que je baissais les yeux. Du coup, je m'en suis fabriqué une. Elle est lourde et peu pratique, mais j'ai fait des choses terribles, pendant la guerre. J'estime que je mérite de traîner un fardeau.

– Vous l'avez jetée ? La jambe artificielle, vous l'avez tout simplement jetée ?

Peter ne put s'empêcher de s'imaginer le visage ahuri de l'éboueur qui était tombé dessus.

– Bien sûr que non. Je la porte. Parfois. Actuellement, elle est dans le jardin, sur l'épouvantail. Visiblement, elle fiche aussi la trouille aux corneilles.

Elle sauta du plan de travail et enfonça un vieux chapeau de paille sur sa tête, comme si elle venait de se rappeler qu'elle avait à faire dans le jardin.

– Je reviendrai avant la nuit. Les cabinets sont à l'extérieur, juste derrière les deux cèdres, et il y a un baquet dans la cuisine. Lave-toi. Tu peux t'installer dans la véranda. Il faudra sans doute que tu la partages avec François. Garde ton pied surélevé.

– Qui est François ?

Une fois de plus, Peter fut surpris par le rire bref, semblable à un aboiement, de Vola. Elle désigna de la tête la porte arrière, qui menait dans une véranda.

– Il y est probablement en ce moment même, en train de piquer un somme, ce vieux bandit flemmard.

Elle alla jusqu'à la porte, regarda de l'autre côté et hocha la tête.

– Viens voir.

Peter se leva de la chaise et prit ses béquilles. Vola tint la porte ouverte et fit un signe en direction d'une corbeille à bois. Peter vit une paire d'yeux cerclés de noir qui le fixaient. Il avança la tête pour mieux y voir, et le raton laveur recula la sienne.

– François Villon, nommé d'après l'un des plus célèbres voleurs de l'histoire. Celui d'origine était un poète, en plus d'être un voleur, et il était si charmeur qu'à chaque fois qu'il se faisait arrêter, il se trouvait un admirateur pour payer sa rançon.

Peter sourit. Il se pencha en avant.

– Coucou ! *Tchk-tchk-tchk !* fit-il doucement.

C'était toujours comme ça qu'il saluait Pax, le matin. Le raton laveur l'examina paresseusement pendant une minute de plus, puis sembla décider que le garçon n'était pas intéressant, et se recoucha en fermant les yeux.

– Il est sauvage ou apprivoisé ?

Vola balaya ces mots comme des moucherons importuns.

– Je laisse la porte de la véranda ouverte. Il vient

me rendre visite quand il en a envie, et il me tient compagnie. Je lui donne à manger, mais je pourrais m'abstenir : il reste bien assez gras par lui-même. Nous avons passé un marché au sujet du poulailler. Il laisse les poulettes tranquilles, et je lui fais frire un œuf de temps en temps. C'est un… compagnon. C'est le mot le plus juste.

Elle désigna une travée qui portait le plafond :

– Demain, tu feras des tractions. Mais aujourd'hui, repose ta jambe, et garde ton pied en hauteur. Idéalement, plus haut que ton cœur.

Elle désigna le réfrigérateur.

– Remets de la glace dessus de temps en temps. Je veux que ça désenfle, pour pouvoir plâtrer l'os ce soir. Mélange une cuillerée d'écorce de saule avec de l'eau toutes les deux ou trois heures, contre la douleur.

Peter acquiesça et s'allongea dans un hamac suspendu aux poutres, épuisé.

Vola commença à s'en aller, mais, sur le seuil, elle s'arrêta et se retourna pour l'examiner. Elle croisa les bras avec une expression indéchiffrable.

– Quoi ?

– Je me demandais juste… Le fait que tu sois dans la véranda, ça veut dire que tu es quoi, selon toi ? Sauvage ou apprivoisé ?

13

Lorsque Pax se réveilla, l'après-midi touchait à sa fin. La douleur qui lui comprimait le ventre ces derniers jours avait empiré, et lorsqu'il essaya de se lever, les muscles tremblants, il perdit l'équilibre pendant une seconde.

Il vérifia qu'il n'était pas blessé avec une curiosité distante. Un jour, alors qu'il était malade, son garçon lui avait enfoncé dans la gorge une pilule qu'il l'avait forcé à avaler. À la suite de cela, ses sens avaient été moins aiguisés, ses réactions plus lentes. Il se sentait dans le même état à présent.

Il se laissa tomber sur la terre froide et regarda plus bas Gris et sa compagne émerger de leur repos, humer l'air, se soulager, puis partir à la recherche de nourriture. Hérissée bondit hors de son terrier derrière lui, s'arrêta juste le temps d'interdire à son frère de la suivre, puis partit à la chasse en trottinant, elle aussi.

Le jour où il était monté dans la voiture avec son garçon pour venir ici, Pax avait senti combien l'atmosphère était tendue et avait refusé ses croquettes du matin. Cela faisait donc désormais trois jours entiers qu'il n'avait rien mangé. Pax n'avait jamais vu la mort, mais il comprenait que c'était ce qui l'attendait s'il ne trouvait pas de nourriture. Cette pensée lui transmit un certain sentiment d'urgence, puis s'évapora. Mais une seconde pensée le convainquit de se relever, en raidissant d'abord ses pattes avant, puis en rehaussant le bas de son corps : il devait trouver son garçon et le protéger.

Au bout d'un moment, son esprit s'éclaircit. Il passa devant les terriers que partageaient Hérissée et Avorton. Non loin de là, il sentit des caches de viande enfouie dans la terre molle, mais elles étaient entourées de fortes odeurs de mise en garde : il ne les déterra pas. Plus loin, quelques carcasses rongées avaient été rejetées avant d'être nettoyées par des charognards. Pax donna de petits coups de patte dedans. Seule l'extrémité d'une queue, celle d'un rat des marais, était encore recouverte d'un peu de viande. Trop rance et filandreuse même pour les corbeaux, elle grouillait de vers.

Pax baissa la tête vers ces reliefs et ouvrit les mâchoires, mais la puanteur le repoussa. Ce n'était pas de la nourriture.

Il recula de quelques pas en chancelant et enfouit le nez dans une touffe de jeune trèfle. Il mastiqua des pousses tendres pour nettoyer ses fosses nasales si sensibles de cette odeur nauséabonde. Il avala, puis se mit à manger, lentement. Cela lui faisait du bien au ventre, mais c'était un soulagement trompeur : le trèfle ne lui rendrait pas sa force. Au bout de quelques bouchées, la même pensée nette se fit jour à nouveau : il devait trouver son garçon.

À ce moment-là, il entendit quelque chose courir à travers l'herbe. Avant que ses sens assoupis n'aient le temps de réagir, un poids solide lui fonça dedans.

Avorton se jucha sur Pax, ravi du succès de son embuscade. Constatant que Pax ne faisait aucun effort pour se dégager, il entreprit de l'examiner. Pax resta immobile tandis que le renardeau le flairait et le léchait, trop faible pour gaspiller de l'énergie en le repoussant.

Malade ?

Pax ferma les yeux sous les rayons du soleil qui déclinait et ne répondit pas.

Avorton s'éloigna en sautillant et revint quelques minutes plus tard. Un gros ver pendait de ses mâchoires. Il le laissa tomber entre les pattes de Pax.

Pax eut un mouvement de recul, mais la pensée

qu'il avait eue plus tôt refit surface. Il devait trouver son garçon. Et en mangeant, il pouvait éviter la mort. Pax ramassa le ver et mordit dedans. Mais il n'était pas habitué au goût de la chair vivante : son estomac se souleva, et il se détourna.

Avorton creusa pour trouver un autre ver et le déposa devant Pax, et cette fois Pax se mit debout et fit quelques pas avant de s'écrouler à nouveau.

Avorton le suivit et lui donna un petit coup de tête pour l'encourager :

Mange.

Pax prit une attitude dominante, autant qu'il en était capable.

Laisse-moi.

Le jeune renard étudia son aîné pendant un temps, puis lui tourna le dos et partit en trottinant dans l'herbe. Soulagé, Pax coucha sa tête sur ses pattes. Il n'avait plus la force de résister. Mais Avorton réapparut au bout de quelques instants avec quelque chose de rond dans la gueule. Il lâcha devant lui son offrande, qui se brisa.

Un œuf. L'odeur fit remonter un souvenir très vif. Un jour, alors qu'il était tout jeune, Pax avait trouvé une boule blanche en explorant le plan de travail de la cuisine. Il l'avait prise pour une balle de son garçon et avait joué avec. Elle avait roulé, était tombée par terre et s'était cassée, répandant son délicieux secret.

Le père de Peter était entré tandis que Pax était encore en train de lécher les dernières gouttes, et il l'avait tapé. Le coup lui avait meurtri le flanc, mais cet œuf en valait la peine. Depuis ce jour-là, Pax avait visité le plan de travail de la cuisine chaque fois qu'il était seul, dans l'espoir d'en trouver d'autres. Quelquefois, il avait eu cette chance.

L'œuf de caille qu'Avorton lui avait apporté était plus petit, sa coquille mouchetée était tachée d'herbe sèche, et son odeur était plus forte que celle des œufs que mangeaient les humains. Mais on ne pouvait pas s'y tromper. Un œuf.

Pax se leva. Avorton recula pour laisser Pax avaler le trésor jaune. Il lécha l'herbe pour en absorber jusqu'à la dernière goutte, puis leva la tête pour exprimer sa reconnaissance.

Avorton était parti, mais il revint un instant plus tard, transportant avec précaution deux autres œufs dans sa gueule. Pax les dévora. Avorton partit et revint deux fois de plus. Pax continua à manger, jusqu'à ce que son estomac crispé soit rempli par sept œufs. Il se coucha alors sur l'étendue de sable devant les terriers et ferma les yeux.

Avorton sauta sur une racine noueuse au-dessus des terriers. Il se redressa de toute sa hauteur. Et pendant que Pax dormait, le renardeau maigrichon et dépenaillé monta la garde.

Peter reconnut le pas de Vola – le claquement dur du bois, suivi par le contact plus doux du pied chaussé – et rangea les bûches dans la corbeille à bois. Il vint se tenir sur le seuil de la véranda et regarda Vola pomper de l'eau dans l'évier de la cuisine.

– Tu as reposé ta jambe ?

– À peu près.

En réalité, il s'était levé au moins une dizaine de fois pour faire des tractions en s'accrochant à une poutre, et avait soulevé des bûches pendant une demi-heure. Il avait des courbatures aux bras, et son pied lui faisait mal quand il n'était pas rehaussé, mais il ne pouvait pas rester allongé sans rien faire en sachant que Pax était toujours tout seul dans la nature.

Vola entreprit de se savonner les mains sans se retourner.

– Tu as écrit la lettre ?

Peter tira les béquilles à lui. Il se sentait déjà plus en sécurité quand elles étaient coincées sous ses bras.

– Oui, mais…

– Pas de mais. Tu écriras une fois par semaine. Mon ami, le chauffeur de car dont je t'ai parlé, Robert Johnson… si je lui demande, il les postera depuis des endroits différents sur sa route. C'est la première condition, tu te rappelles ?

Peter essaya de pivoter sur lui-même, chancela, mais se redressa. Il se retourna à nouveau. Mieux.

– D'accord ?

– OK.

– Très bien.

Vola suspendit le torchon à un crochet, marcha jusqu'à la cheminée et se mit à déchirer du papier journal et à le déposer sur la grille.

– Passons à la deuxième condition, alors. Ce bracelet avec une breloque que tu portes. Je devine qu'il appartenait à ta mère. Pourquoi l'as-tu emporté ? Pourquoi ça et pas autre chose ?

Peter sentit son corps se raidir instantanément, comme à chaque fois que quelqu'un l'interrogeait au sujet de sa mère, comme s'il devait se figer pour décider s'il pouvait parler d'elle ou pas. D'habitude, avec des inconnus, il ne le pouvait pas, donc il fut surpris quand ses mains relâchèrent un peu leur crispation sur les béquilles et que sa gorge se dénoua.

– Elle le portait toujours. Quand j'étais bébé, elle tenait son poignet devant moi pour que je puisse jouer avec. Je ne m'en souviens pas, mais j'ai vu une photo. Je me rappelle qu'elle m'en avait parlé. De la breloque, je veux dire. C'est un phénix. Un oiseau très spécial. Il est rouge, et doré, et violet, les couleurs d'un coucher de soleil, et il…

– … naît dans les cendres. Je sais ce qu'est un phénix.

– C'est ça. Mais de ses propres cendres. C'est ça qui plaisait à ma mère.

– De ses propres cendres ?

– Quand il est vieux et fatigué, il se bâtit un nid au sommet d'un arbre, loin de tout…

Peter s'interrompit. Il lui vint soudain à l'esprit que la cabane de Vola ressemblait à un nid. Il fit un tour sur lui-même avec ses béquilles pour mieux la regarder. Oui. Un nid secret, à l'abri, entouré d'arbres. Loin de tout.

Il refit face à Vola, qui empilait du petit bois, en espérant qu'elle n'avait pas lu dans ses pensées.

– Le phénix remplit son nid de ses choses préférées – de la myrrhe et de la cannelle, d'après la légende, je crois. Puis le nid brûle, et consume le vieux corps de l'oiseau. Et le nouvel oiseau naît des cendres du vieil oiseau. Ma mère aimait cette idée. Elle disait que ça signifiait que même quand les choses allaient très mal, on pouvait toujours repartir à zéro.

Vola ne réagit pas. Elle toucha les bouts de papier avec une allumette et les regarda prendre feu. Son visage était sombre à la lumière des flammes naissantes. Elle ajouta deux bûches, puis une troisième.

– Va essayer ces béquilles dehors, pendant qu'il fait encore jour, conseilla-t-elle sans lever les yeux.

Peter ouvrit la porte principale et franchit le perron de son mieux, soulagé de sortir. Il n'avait aucune idée de ce qu'il avait pu dire de mal. On devenait probablement bizarre quand on habitait tout seul dans la forêt. Mais Vola avait raison : il avait besoin de s'exercer à l'extérieur. Il avait déjà perdu une journée, une journée entière. Peut-être avait-il effectivement besoin d'un peu de temps pour s'entraîner et pour se soigner, mais il comptait repartir aussi vite que possible.

Il quitta le terrain dégagé devant l'habitation et alla jusque-là où le sol irrégulier était jonché de racines et de broussailles. Le temps qu'il lui fallut pour faire le tour de la cabane fut atrocement long. Son deuxième tour fut un peu plus rapide ; quand il en fut au cinquième, c'était déjà presque facile, mais il retourna à l'intérieur trempé de sueur.

La cabane était silencieuse, en dehors des

crépitements du feu. Vola était assise sur un fauteuil et cousait quelque chose de jaune. En voyant le calme qui régnait et les rayons du soleil couchant qui semblaient remplir la cabane de paix, comme si tout allait pour le mieux dans le monde, Peter eut soudain l'impression qu'ils se moquaient de lui.

Tout allait *mal* dans le monde. Une autre journée s'était écoulée pendant laquelle Pax était tout seul dehors. Une autre nuit allait venir pendant laquelle il aurait froid. Probablement faim et peur, aussi. Et s'il n'avait pas trouvé d'eau ?

Il avança trop vite et sans précaution à travers la pièce. À mi-chemin, l'une de ses béquilles se prit dans un tapis, et il dut planter l'autre dans le mur pour ne pas aller heurter une lanterne.

– Plus courts, les pas. Au bout d'un moment, tu trouveras la bonne manière.

– Au bout d'un moment ? Au bout d'un moment, mon renard sera mort. (Il lâcha les béquilles et se laissa tomber sur la chaise devant la table de la cuisine.) À quoi ça sert, de toute façon ? Comment est-ce que je vais m'en sortir, après ?

Vola posa son ouvrage.

– J'ai l'air de quoi ? D'une boule de cristal ?

Elle alla dans la véranda et en revint avec un sac de glaçons ; puis elle posa le pied de Peter sur une chaise et ajusta la glace dessus avant de conclure :

– Je ne peux pas te répondre.

La vue de son pied inutilisable lui rappela l'étendue de son impuissance. Il détourna les yeux.

– Pourquoi ? Vous n'êtes pas censée être savante ? Vous vivez ici toute seule, avec vos… avec tous ces trucs, là (il désigna du pouce le méli-mélo de fiches punaisées au mur derrière lui), toutes vos cartes de bingo philosophiques ? Vous êtes au moins censée être sage, non ? Ou une sorcière, ou un truc de ce genre !

Peter ne se reconnaissait plus. Pourquoi parlait-il ainsi à cette femme ? Il avait l'impression d'être en court-circuit, comme si ses impulsions se traduisaient directement en mots sans passer par son cerveau. Mais une fois de plus, il n'était pas là où il aurait dû être, et à présent son pied était trop abîmé pour l'y emmener, et Pax était toujours abandonné dans la nature.

Vola sortit un seau d'un placard et le posa dans l'évier.

– Cartes de bingo philosophiques ? répéta-t-elle, l'air seulement un brin vexée. J'essaie de comprendre ma propre vie. Je n'ai pas tes réponses.

– Qui les a, alors ? Et ne dites pas mon père, parce qu'il est un peu absent, ces derniers temps.

Et parce que tout est sa faute. Peter serra les mâchoires pour ne pas prononcer ces mots, et se força à respirer lentement. Il n'était pas en colère. Il était simplement frustré. Qui ne l'aurait pas été, à sa place ? Des larmes menacèrent tout à coup de déborder de ses yeux (mais que lui arrivait-il, ces derniers temps ?) et il enfonça ses poings dans ses orbites.

Vola se dirigea vers lui, puis sembla changer d'avis. Elle recula pour s'adosser au plan de travail de la cuisine.

– Tu es en colère, dit-elle simplement, comme si elle faisait remarquer qu'il avait les cheveux noirs, ou que le soleil se couchait.

– Je ne suis pas en colère.

Mais il s'obligea à ouvrir les poings et compta dix longues inspirations, en repoussant ce sentiment comme il l'avait toujours fait. Car il craignait de ressembler à son père, avec toujours à fleur de peau cette colère sourde qui pouvait exploser à n'importe quel moment et blesser tous ceux qui l'entouraient. Les excuses après coup ne réparaient jamais le mal qui avait été fait.

Il serra les paupières pour retenir les larmes qui s'accumulaient toujours derrière.

– Je ne suis pas en colère. Simplement, je n'ai pas choisi tout ça. Je n'ai pas choisi de voir la guerre arriver. Je n'ai pas choisi de voir mon père s'enrôler. Je n'ai pas choisi de quitter ma maison. Je n'ai pas choisi d'aller chez mon grand-père. Et je n'ai *vraiment* pas choisi d'abandonner un animal dont je me suis occupé pendant cinq ans.

– Tu es un enfant. On ne te laisse pas beaucoup de choix. Moi aussi, je serais en colère, à ta place. *Dyableman* en colère.

– Je vous dis que je ne suis pas en colère !

Peter ravala un sanglot qui, étrangement, sortit sous la forme d'un rire tordu. Encore ce court-circuit.

– Et vous êtes amoureuse de ce mot, vous savez.

– De quoi parles-tu ?

– « Dyableman ». Qu'est-ce que ça veut dire ? C'est un juron ? Vous êtes amoureuse du mot « dyableman ». Si nous étions à l'école, je vous dirais que vous êtes tellement amoureuse de ce mot que vous devriez l'épouser !

Il avait vraiment perdu la tête. Mais elle rit, avec un croassement sonore.

– Tu as raison ! admit-elle. Je devrais m'agenouiller sur ma jambe *dyableman* bousillée et demander à ce mot s'il veut m'épouser !

– Exactement ! approuva Peter, gagné par l'hystérie. Vous devriez passer un *dyableman* anneau à son *dyableman* doigt !

Il s'essuya le visage et regarda Vola qui s'approchait et s'asseyait en face de lui.

– Mon grand-père jurait toujours dans sa langue d'origine. Ça rendait folle ma grand-mère, parce qu'elle ne la parlait pas. Cela dit, elle chantait en italien quand elle cuisinait, donc…

Vola leva un doigt pour caresser le bouquet de plumes accroché à son cou.

– Je suis l'héritière de beaucoup de cultures, dit-elle à voix basse.

Elle garda le silence pendant un moment, sans le quitter du regard pendant tout ce temps. Dans ce silence, Peter eut l'impression qu'ils se disaient quelque chose d'important. Quelque chose au sujet du tunnel long et sombre qu'il sentait autour de lui, de plus en plus étroit.

– J'espérais trouver Pax dans une semaine, peut-être dix jours. Alors que…

Il regarda son pied. Elle répéta :

– Pax ? C'est son nom ? Ça veut dire « paix », tu sais.

Peter le savait : beaucoup de gens le lui avaient dit.

– Mais ce n'est pas pour ça que je lui ai donné ce nom. Le jour où je l'ai ramené à la maison pour la première fois, je l'ai laissé tout seul pendant une minute, juste une minute, pour aller lui chercher à manger. Quand je suis revenu, j'ai eu du mal à le retrouver. Il avait rampé dans mon cartable et s'était endormi. Il y avait le nom de la marque, Paxton, cousu sur une étiquette. J'avais sept ans, et je me suis dit « Paxton, c'est un beau nom ». Mais maintenant…

– Maintenant quoi ?

– Maintenant, il est tout seul à cause d'une guerre. Je l'ai abandonné à cause d'une guerre. Une guerre, pas la paix. Comment on appelle ça ? De l'ironie ? Bref, maintenant, c'est un nom horrible. Il va probablement mourir à cause d'une guerre.

– Peut-être, mais peut-être pas. Il pourrait survivre. C'est le printemps. Il trouvera facilement de la nourriture, je pense.

Peter secoua la tête.

– Les renardes apprennent à chasser à leurs petits quand ils ont environ huit semaines. Je l'ai trouvé bien plus tôt ; le vétérinaire a estimé qu'il devait avoir deux semaines. Même s'il passait devant une dizaine de souris sagement assises sur de jolies assiettes, il ne réussirait pas à les attraper. Il n'a jamais rien mangé d'autre que des croquettes, et des trucs à nous, que je lui donnais.

– Quel genre de trucs ? Il a une chance d'en trouver ?

Peter haussa les épaules.

– Il adore le beurre de cacahuète. Il aime les hot-dogs. Il raffole des œufs. Non, à moins de tomber sur le pique-nique de quelqu'un, il va mourir de faim. J'imagine qu'il trouvera de l'eau, et il peut tenir une semaine sans manger, mais après…

Peter se cacha la tête dans les mains.

– Et c'est à cause de moi. Je n'ai pas choisi de le faire, mais je ne me suis pas non plus battu pour ne pas le faire. Je ne sais pas pourquoi je ne me suis pas battu.

En fait, il le savait, bien sûr. Au début, quand son père lui avait donné cet ordre au sujet de Pax, Peter lui avait fait face et avait déclaré : « Non. Je refuse. » Mais dans les yeux de son père avait flamboyé cette colère brûlante, et son poing s'était levé brusquement, ne s'arrêtant qu'à la dernière seconde avant de heurter la joue de Peter, en un geste suffisamment menaçant pour que Pax se mette à grogner, en état d'alerte.

Les poings de Peter s'étaient levés, eux aussi, et la rage qu'il avait ressentie envers son père l'avait effrayé plus encore que la menace elle-même.

Il repensa aux paroles de son grand-père : « La pomme ne tombe jamais loin de l'arbre », et la nausée et la peur l'envahirent de nouveau. Il baissa le regard vers la table en pin usée pour cacher cette phrase qui lui faisait honte et qu'il sentait écrite en lettres brûlantes sur son visage.

Vola tendit les bras et posa ses deux mains de part et d'autre de son crâne. Peter se figea. À part une main approbatrice sur l'épaule de la part de son père de temps en temps, et quelques coups de poing amicaux de la part de ses amis, personne ne l'avait touché depuis la mort de sa mère. Vola attendit, comme si elle savait qu'il avait besoin de temps. Puis elle appuya, fermement.

C'était un geste étrange, mais Peter ne recula pas, ne bougea pas un muscle, ne respira même pas. Car à ce moment-là, cette prise solide était la seule chose qui l'empêchait d'éclater en mille morceaux.

– Bien, dit-elle enfin. C'est fini. N'est-ce pas ?

Elle se leva.

– Je n'ai peut-être pas tes réponses, gamin, mais il y a quelque chose que je sais. Tu as besoin de manger. Beaucoup. Tu as douze ans, tu as dormi dehors dans le froid, et tu as un os qui doit guérir. Je vais commencer par te plâtrer le pied. Ensuite, je me mettrai à cuisiner et tu te mettras à manger, et ni toi ni moi ne nous arrêterons jusqu'à ce que tu dises stop. Compris ?

Le ventre de Peter ne fut soudain plus qu'un cratère rugissant.

– Oui, m'dame. J'ai compris.

Vola fouilla sous l'évier et sortit un sac de plâtre. Peter la regarda en verser une certaine quantité dans le seau, puis ajouter un peu d'eau tirée à la pompe. Enfin, elle apporta ce qu'elle avait cousu un instant plus tôt.

– Lève ton pied.

Elle coinça un oreiller sous le genou du garçon et enfila autour de sa jambe une manche matelassée, semblable à une chaussette ouverte au niveau des orteils. Il reconnut le tissu à carreaux jaunes. Il jeta un coup d'œil dans la chambre, pour vérifier.

– Vous avez découpé votre édredon ?

– Je peux toujours en fabriquer un autre. Il faut mettre quelque chose entre le plâtre et ta jambe.

Elle prit un autre morceau d'édredon et arracha le rembourrage, puis déchira la toile jaune en bandes et les immergea dans le plâtre.

– Garde ton pied à un angle de quatre-vingt-dix degrés.

Et elle enroula les bandes, encore et encore, autour de son pied et de sa cheville, jusqu'à mi-tibia. Quand elle eut confectionné une botte épaisse, elle la recouvrit d'un peu de plâtre supplémentaire.

– Ne bouge pas. Même pas tes doigts de pied.

Vola sortit dans la véranda et en revint les bras chargés. Elle posa deux poêles en fer sur le gaz, jeta un morceau de beurre dans chacune, et alluma les feux dessous. Elle cassa quelques œufs dans un bol jaune et commença à les fouetter avec du lait, puis de la farine de maïs.

La brise fraîche apporta à Peter l'odeur de la terre fraîche et celle du beurre en train de grésiller. Il regarda son plâtre solide en train de sécher, avec son pied en sécurité à l'intérieur, enveloppé dans ce qui avait été l'édredon de Vola.

– Je suis désolé. Pour ce que je vous ai dit.

Il désigna de la tête le mur de fiches.

– Mes cartes de bingo philosophiques ? Peter-sans-batte, ce sont des choses que j'estime justes au sujet du monde. Des vérités universelles. Les plus importantes sont les vérités qui me concernent, moi. Celles-là, je les conserve ailleurs, dans un endroit privé.

– Pourquoi ?

– Pourquoi elles sont importantes, ou pourquoi elles sont privées ?

Peter haussa les épaules. *N'importe. Les deux.* Il s'appuya contre le dossier et attendit.

Vola l'examina du coin de l'œil tout en découpant une tranche épaisse de jambon fumé et en le déposant avec une fourchette dans l'une des deux poêles. Elle versa ensuite trois louchées de pâte dans l'autre poêle.

– Je vais te raconter une histoire. Quand j'ai quitté l'armée, je ne me rappelais pas une seule chose à mon propre sujet. C'est le résultat de l'entraînement. Plus d'individus, juste des éléments interchangeables qui forment une grande machine. Quand je suis revenue à la vie civile, le premier jour, j'étais complètement perdue. Paumée. Je suis allée au supermarché, j'ai regardé tous ces choix qui s'offraient à moi, et je me suis demandé pour qui j'étais censée acheter de la nourriture. Qu'est-ce qui pouvait remplir le ventre de cette personne affamée ? Du gombo ou des gâteaux ? Des haricots ou du pain ? Devant le rayon des fruits et légumes, je me suis effondrée parce que je ne savais plus qui j'étais.

Vola se tut, les yeux fermés.

– Qu'est-ce qui est arrivé ? l'incita Peter au bout d'un moment.

– Qu'est-ce qui est arrivé ?

– Dans le magasin. Qu'est-ce qui est arrivé au supermarché ?

– Ah ! (Elle se pencha sur la cuisinière et retourna les galettes de maïs.) Du beurre de cacahuète.

– Du *beurre de cacahuète* est arrivé ?

– Du beurre de cacahuète est arrivé. Et j'ai eu de la chance qu'il arrive. J'étais là, par terre dans le magasin – sale, un linoléum à carreaux rouges et blancs, je ne l'oublierai jamais –, et je pleurais. Et je savais que je ne me relèverais pas tant que je ne saurais pas quel genre de nourriture j'aimais.

Vola fit glisser les galettes sur une assiette bleue, puis fit une pause. Peter devina qu'elle revoyait le sol de ce supermarché. Il était content de ne pas avoir assisté à cette scène – une femme, adulte, en train de sangloter par terre dans un magasin. Une folle, avec une seule jambe. Il eut soudain le désir de la protéger, et espéra que personne ne s'était moqué d'elle, et qu'elle s'en était sortie.

– Et…

– Oh. Et finalement, ça m'est revenu. Je me suis rappelé que ma grand-mère me racontait que quand j'avais découvert les sandwichs au beurre de cacahuète, j'en voulais un tous les jours. Donc, je me suis relevée et j'ai acheté du beurre de cacahuète et du pain. J'ai rempli mon Caddie de pain et de beurre de cacahuète, parce que j'étais résolue à ne pas revenir tant que je ne trouverais pas autre chose que j'aimais. Et je craignais que ça prenne longtemps.

Elle mit le jambon dans l'assiette, y ajouta une cuillerée de compote de pommes et lui apporta le tout accompagné d'un pichet de sirop d'érable.

– Mange.

Peter noya ses galettes sous du sirop et entassa de la nourriture sur sa fourchette. La galette de maïs était croquante, sablée ; le jambon était doux et salé, contrastant avec le goût sucré du sirop. Il ne se souvenait pas d'avoir jamais rien mangé d'aussi bon.

– Et alors ? demanda-t-il quand il eut englouti la moitié de son assiette. Est-ce que ça a pris longtemps ?

Vola appuya avec le doigt sur son plâtre.

– Il est presque sec. Reste immobile encore un peu.

Elle retourna devant la cuisinière, découpa une autre tranche de jambon et versa encore de la pâte dans la poêle.

– Oui. Les gens autour de moi appelaient ça un TSPT, un trouble de stress post-traumatique, à cause de la guerre. Et ils avaient raison, j'étais malade. Mais je savais que ce n'était pas parce que j'avais fait la guerre ; pas exactement. C'était parce que pendant la guerre, j'avais tout oublié à mon propre sujet. Un trouble de l'oubli-de-qui-on-est post-traumatique, voilà ce dont je souffrais. À l'époque, mon grand-père était en maison de retraite, et il était mourant. Je suis allée chez lui – c'était aussi chez moi : mes grands-parents m'avaient élevée pendant deux ou trois ans – pour tout ranger.

C'était la fin de l'été. Le verger était une jungle, mais il y avait quelques pêches qui s'accrochaient encore. Et c'est la deuxième chance que j'ai eue, après le beurre de cacahuète. Parce que ça m'est soudain revenu : bon sang, j'adorais ces pêches. Il m'arrivait de me glisser dehors au milieu de la nuit pour aller en chercher. Je m'allongeais dans l'herbe sous ces arbres, au milieu des lumières des vers luisants et des stridulations des sauterelles, avec un tas de pêches sur le ventre, et j'en mangeais jusqu'à ce que le jus coule dans mes oreilles.

Ça m'est revenu si nettement. C'était un souvenir que je pouvais sentir, que je pouvais entendre, que je pouvais goûter. Mais je ne comprenais pas comment cette petite fille pouvait être la même personne que celle qui avait enfilé un uniforme, pris un pistolet et fait ce que j'avais fait pendant la guerre. Alors j'ai tendu la main et j'ai cueilli une de ces pêches, je me suis allongée sur l'herbe et j'ai mordu dedans, et… voilà. J'avais trouvé une autre petite vérité sur ce que j'avais été.

Elle s'approcha avec la poêle et empila d'autres galettes avec du jambon dans son assiette vide, puis retourna vers la cuisinière.

– Stop, dit Peter.

– Stop ? Bon. De toute façon, c'est la fin de l'histoire.

– Non, je voulais dire qu'avec ça, j'aurai assez mangé. Merci.

Une fois de plus, Peter songea qu'il aurait tant aimé que son renard soit sous la table, et une fois de plus, il se demanda si Pax avait faim. Mais il eut l'étrange conviction que non ; que ce soir, au moins, Pax avait le ventre plein.

– Et ensuite ? demanda-t-il en piquant avec sa fourchette. C'est allé mieux ?

Vola posa la poêle dans l'évier et revint s'asseoir à table en face de lui.

– La nourriture que j'aimais était un détail. J'étais vraiment perdue; j'avais besoin de tout réapprendre à mon sujet. Des plus petites choses jusqu'à la plus grande de toutes : qu'est-ce que je croyais, du fond de mon âme ?

Peter crut deviner ce qui allait suivre.

– Sur la guerre, par exemple. Vous êtes contre la guerre, maintenant, pas vrai ?

Vola joignit les mains sous son menton.

– C'est une question complexe. Mais je suis *pour* qu'on dise la vérité sur elle. Sur ce qu'elle coûte. On devrait dire la vérité sur le prix à payer lors d'une guerre. Ça m'a pris un certain temps pour le comprendre. (Elle s'appuya à son dossier.) Et ce n'était qu'une seule chose. Il fallait que je redécouvre tout ce que je trouvais bien ou mal. Mais je n'y arrivais pas : le monde faisait trop de bruit pour que je m'entende réfléchir. J'ai donc emménagé dans la maison de mon grand-père. J'ai décidé d'y rester jusqu'à ce que je sache de nouveau qui j'étais.

Peter leva les yeux vers les pêches au sirop sur l'étagère au-dessus de lui, puis repensa aux arbres en fleur dans le verger.

– Et vous y êtes encore, conclut-il. C'était ça, sa maison, pas vrai ?

15

Le soleil étincelait à travers la brume de l'aube. Les deux renards voyageaient depuis des heures, mais Gris était lent et se reposait souvent ; ils venaient seulement d'atteindre le fond de la vallée. La plupart du temps, Pax demeurait respectueusement sur le flanc du vieux renard, mais parfois, il le quittait pour courir à toute allure pendant de longues et merveilleuses minutes avant de faire demi-tour.

Il n'avait jamais couru auparavant, pas vraiment. Il avait gambadé autour de son enclos ou dans le jardin, mais cette course-ci était très différente : ses pattes ovales, désormais guéries, ne frôlaient le sol que pour le repousser tandis qu'il parcourait de plus en plus vite de grandes étendues d'herbe.

Le repas de la veille avait éclairci ses sens et fourni de l'énergie à ses muscles, mais à présent, les œufs ne remplissaient plus son estomac, et l'odeur de la vallée qui se réchauffait provoquait en lui une faim insistante. Là où se trouvaient les humains, il y aurait de la nourriture.

Quelle distance ?

Deux jours de voyage.

Gris décrivit un lieu où s'élevaient de vieux murs en pierre et où la terre sentait légèrement le goudron et le chanvre, bordé par un cours d'eau.

Nous y serons au crépuscule. Les habitations des humains sont à un jour de voyage supplémentaire.

Pax ne se rappelait pas les habitations des humains. Il ne se rappelait pas le cours d'eau. De sa maison, il se rappelait la porte si haute au-dessus de lui. Il se rappelait les chênes qui entouraient la maison, un jardin de fleurs négligé et plein de mauvaises herbes où il n'avait jamais le droit d'aller, le bruit d'une route. Il sentait que d'autres humains vivaient le long de cette route, mais il ne les avait jamais rencontrés. Ces souvenirs s'effaçaient peu à peu, comme le souvenir de son enclos. Il ne se rappelait déjà plus à quoi ressemblait le ciel à travers les hexagones du grillage.

En revanche, il se rappelait son garçon. Les yeux noisette avec leurs étranges pupilles rondes ; la manière dont Peter les fermait, rejetait sa tête en arrière, et poussait un bruit qui ressemblait à un jappement quand quelque chose le ravissait. Son cou salé, qui sentait parfois la transpiration, parfois le savon. Ses mains, toujours en mouvement, qui sentaient le chocolat, que Pax adorait, et le cuir du gant de base-ball, qu'il détestait.

Pendant que les deux renards avançaient, Pax réfléchit au mystère de l'autre odeur de son garçon, son odeur sous-jacente. Quelque part entre le chagrin et le désir, issue d'un regret profond pour quelque chose, mais Pax n'avait jamais réussi à déterminer quoi.

Parfois, dans la pièce où se trouvait le nid de son garçon, cette odeur de chagrin et de désir était si forte qu'elle couvrait tout le reste ; et pourtant, son garçon ne faisait jamais la moindre démarche pour acquérir ce qu'il convoitait si fort. À chaque fois que Pax sentait cette odeur, où qu'il soit, il se hâtait d'accourir et trouvait Peter affalé sur son lit, serrant contre lui les objets qu'il conservait cachés dans le dernier tiroir de son bureau, le visage creusé de durs sillons. Pax venait alors le tirer par la manche, ou grimpait aux rideaux avant de faire semblant de perdre l'équilibre et de tomber : tout ce qui était susceptible de convaincre son garçon de jouer avec lui. Mais quand l'odeur était particulièrement forte, aucun de ses stratagèmes ne fonctionnait. Ces jours-là, Peter chassait Pax de la chambre et fermait la porte.

En y repensant, Pax eut de nouveau envie de courir, mais pas pour le plaisir, cette fois.

Cette guerre qui arrive, tu es sûr qu'elle va toucher tout ce qui se trouve sur son chemin ? Même les jeunes humains ?

Tout. Elle va tout détruire.

Pax donna un petit coup de nez à Gris, respectueux, mais insistant. Il fallait qu'ils se dépêchent. Le vieux renard l'étudia pendant un moment, puis il se mit à trotter. Ils traversèrent le centre marécageux de la vallée et grimpèrent sur les falaises rocheuses, épaule contre épaule, cette fois.

En haut de la montée, les deux renards s'arrêtèrent. Gris était hors d'haleine. Devant eux, des sapins se dressaient, annonçant de grandes et fraîches étendues d'ombre. Mais les marquages étaient forts : le rival de Gris chassait sur ce territoire, et il était facile de détecter la menace dans l'odeur qu'il avait laissée. Presque immédiatement, le sol vibra sous le léger staccato de pattes galopant vers eux. Pax et Gris s'étaient à peine tournés quand le renard fauve jaillit des fourrés, les babines retroussées, la queue fouettant l'air.

Pax se recroquevilla, mais Gris avança calmement, le corps suffisamment bas pour prouver qu'il n'était pas agressif.

Nous ne faisons que passer.

Son rival ignora son message de paix et bondit. Il heurta violemment le flanc du vieux renard, le cloua au sol, et enfonça les dents dans le cou mince de Gris.

Quand il entendit le cri de douleur de Gris, les poils de Pax se hérissèrent, et les battements de son cœur s'accélérèrent. Ses muscles se tendirent sous le coup d'une fureur qu'il n'avait ressentie qu'une seule fois auparavant. Pendant ses premiers jours avec ses humains, le père avait levé la main sur son fils, et Pax avait foncé à travers la pièce sans réfléchir pour déchirer férocement le bas du pantalon de l'homme avec ses crocs de renardeau. À présent, comme à l'époque, son dos s'arqua et un grondement sourd naquit au fond de sa gorge.

L'agresseur se retourna, surpris, et Pax le chargea tête baissée. Ils roulèrent sur le sol ; des dents tailladaient des oreilles tendres, des pattes creusaient la fourrure douce du ventre à la recherche d'une prise. Le renard jaune avait plus d'expérience, mais Pax était animé par un instinct de protection. Quand ses dents trouvèrent la gorge de l'autre, ce dernier se releva précipitamment et recula en gémissant.

Pax se planta devant Gris, faisant un rempart de son corps, comme il l'avait fait avec son garçon en ce jour lointain ; il gonfla sa poitrine et lança un grognement d'avertissement. Son adversaire s'esquiva.

Pax ôta le sang qui coulait d'une dizaine d'égratignures sans gravité, puis nettoya la blessure de Gris. La coupure était profonde. Il essaya de convaincre Gris de revenir en arrière.

Non. Je vais continuer.

Tous deux cheminèrent sans s'arrêter pendant une heure à travers des bois clairsemés. Pax devait se retenir pour ne pas dépasser le renard blessé, mais il était soulagé qu'ils avancent, au moins. Cependant, quand une volée de corbeaux atterrit sur les branches nues d'un pacanier, Gris revint sur ses pas et s'assit en bas du tronc, les oreilles tendues vers le tapage, écoutant intensément.

Pax attendit avec impatience. Au bout d'un moment, le vieux renard l'appela d'un jappement.

La guerre s'approche.

Comment le sais-tu ?

Les corbeaux. Écoute.

Pax pencha la tête sur le côté. D'autres oiseaux criards arrivaient, descendaient jusqu'aux branches basses, puis remontaient se percher plus haut, en un cyclone d'effroi.

Ils sont perturbés.

Les corbeaux gonflaient leurs épaules,

hérissaient leurs plumes, étaient parcourus de saccades, donnaient des coups de bec en croassant. Leur discorde mettait les nerfs de Pax à vif.

Il y a des troubles quelque part.

Il fit plus attention. Ce qu'il perçut l'inquiéta. Il essaya de le décrire. De l'air saturé de mort. Du feu et de la fumée. Du sang dans le cours d'eau, la rivière rouge de sang, la terre noyée sous le sang. Le chaos.

Tout est détruit. Les fibres des arbres, les nuages, même l'air.

Oui. La guerre. Où ?

Pax se concentra à nouveau.

À l'ouest. Encore loin, mais elle approche. Et à présent, un petit groupe de malades de guerre vient du sud, à sa rencontre.

Du sud.

Pax fit les cent pas pendant que Gris se relevait péniblement. Il proposa à nouveau de voyager seul, et Gris refusa à nouveau de rentrer chez lui. Ils partirent à nouveau, et leur allure fut à nouveau plus lente que ce que Pax aurait souhaité. Ils ne s'arrêtaient que pour manger des vers ou des baies, et chaque fois, Pax humait l'air à la recherche de la moindre trace de l'odeur de son garçon, tendait l'oreille pour entendre le moindre écho de sa voix. Rien. Rien.

Il leva le museau et poussa une longue plainte.

Cela faisait si longtemps qu'il n'avait pas vu son garçon. Jusqu'ici, ils n'avaient jamais été séparés pendant plus d'une demi-journée. Souvent, Peter partait le matin, et Pax allait et venait dans son enclos, de plus en plus agité, jusqu'à ce que Peter rentre dans l'après-midi, apportant l'odeur d'autres jeunes humains et celle de l'étrange haleine du gros car jaune qui le ramenait à la maison. Chaque après-midi, Pax pouvait constater que son garçon allait bien, l'examiner pour vérifier qu'il n'avait aucun mal avant de se détendre et de jouer.

L'après-midi était là. Il hurla à nouveau, et cette fois, Gris leva la voix pour se joindre à sa perte. Mais quand Pax voulut reprendre la route, Gris hésita.

Pax se rendit compte que le renard blessé avait besoin de repos. Il le conduisit vers une tache de mousse à l'ombre d'un sapin. Gris posa la tête sur ses pattes, et avant même que Pax ait terminé de nettoyer à nouveau sa blessure, il s'endormit.

Pax monta la garde, en songeant que quand il aurait trouvé son garçon, il ferait tout ce qu'il préférait : rouler avec lui dans le jardin, jouer à chasser, explorer l'herbe et le bouquet d'arbres à l'arrière de la maison. Il savait comment son garçon le récompenserait : les grands sourires de retrouvailles, les grattouillements partout dans le cou, avec des doigts qui s'enfonçaient juste assez. Il se rappela la paix qu'il ressentait quand il s'allongeait aux pieds de son garçon devant le feu.

Ces pensées calmèrent Pax, et il somnola. Le souvenir des doigts de Peter qui massaient la peau souple entre ses omoplates était si réel que sa fourrure frémit à ce contact. Jusqu'à ce que la brise changeante apporte un parfum qui le réveilla aussitôt.

De la viande. De la viande rôtie, comme celle que ses humains faisaient parfois cuire sur un feu dans le jardin. Son garçon lui donnait de petits morceaux dégoulinants de graisse. Plusieurs jours après, Pax fouillait encore les cendres du feu à la recherche de miettes oubliées. Même les os brûlés constituaient un trésor.

Pax se mit debout pour mieux sentir. Oui, de la viande rôtie. Il toucha Gris qui dormait.

Des humains sont proches.

Gris marcha plus facilement après son repos, et les deux renards gardèrent une bonne cadence. Mais quand ils furent proches, Pax s'élança en avant. Son corps était léger, sa graisse brûlée par ces journées de jeûne. Il courut comme les renards sont censés courir : un corps compact filant comme une flèche dans l'air, à une vitesse qui faisait ondoyer son pelage. La joie de la découverte de la vitesse, l'imminence de la nuit, l'espoir de réunion avec son garçon, tout cela le transformait en ce feu liquide qui fonçait entre les arbres. Ce feu qui n'était pas concerné par la pesanteur. Pax aurait pu courir indéfiniment.

Jusqu'à ce qu'il sorte au galop du bois et voie un large cours d'eau devant lui. De l'autre côté s'étendait une plaine dégagée, qui montait doucement vers d'épais murs de pierre à moitié démolis : les ruines d'une vieille fabrique de cordes. Le crépuscule était venu, et au loin, près des ruines, une douzaine d'hommes étaient réunis autour d'un feu et mangeaient. Derrière eux, un encombrement de tentes et de gros véhicules.

Le vent avait tourné à l'est. La fumée de la viande grillée imprégnait encore lourdement l'air, mais Pax ne pouvait sentir des humains qu'une odeur générale. Il courut dans un sens et dans l'autre au bord de la rivière, frustré, mais où qu'il aille, il ne pouvait pas différencier les humains les uns des autres.

Au moins savait-il que son garçon n'était pas là. Aucun de ces hommes n'avait sa silhouette mince, aucun ne se déplaçait avec la même énergie vive, aucun ne se tenait comme le faisait Peter, droit, mais la tête un peu inclinée vers le bas. Il en fut soulagé : les autres odeurs du camp – fumée, diesel, métal brûlé, et une étrange et noire odeur électrique – faisaient partie de ce dont il aurait essayé d'éloigner Peter.

Gris sortit du bois en boitant et se laissa tomber sur la rive à côté de Pax. Ensemble, les deux renards observèrent les hommes. Ils avaient terminé de manger, mais ils demeuraient autour du feu, à parler et à rire.

Ils sont malades de guerre ? voulut savoir Pax.

Pas encore. Pour le moment, ils sont calmes. Je me rappelle ces moments de tranquillité.

Le vieux renard replia ses pattes avant sous sa poitrine.

À la fin de la journée, les humains avec qui je vivais se rassemblaient comme ceux-ci.

Soudain, Pax se rappela qu'il avait connu quelque chose de semblable, lui aussi. Cela faisait plusieurs années que ce n'était pas arrivé, mais parfois, à la fin de la journée, ses humains s'asseyaient ensemble sur le nid de son garçon. Le père posait sur ses genoux une boîte dure, plate et mince, composée de nombreuses couches de papier. Du papier comme celui sur lequel dormait Pax, mais pas déchiré, et couvert de signes. Ses humains faisaient défiler ces couches l'une après l'autre, en les étudiant. Pax se rappela que ces soirs-là, ses humains étaient très liés l'un à l'autre, et leur harmonie lui permettait de baisser sa garde.

Pax éprouva une étrange sensation, comme si sa poitrine n'était plus assez vaste pour son cœur.

Les renards continuèrent à examiner les hommes.

Certains étaient encore accroupis près du feu, tandis que d'autres se déplaçaient avec des lanternes entre l'équipement et les tentes. Lorsqu'il fit complètement noir, les derniers hommes se levèrent. Ils vidèrent des tasses de café, recouvrirent les flammes de terre, et s'enfoncèrent dans leurs tentes.

Gris se leva à son tour et boita vers le haut de la colline, jusqu'à la protection offerte par une branche basse de tsuga. Il tourna sur lui-même et se roula en boule sur le sol couvert d'épines, le nez caché sous sa queue.

L'odeur de la viande avait donné trop faim à Pax pour qu'il puisse dormir. Il trotta jusqu'à la rivière. Le courant était calme. Il plongea son museau pour boire, puis sauta sur un rocher glissant à cause des algues, mais stable. Ensuite, les yeux fixés sur la lueur des braises mourantes, il prit une décision. Un saut, un *splash*, et une fois de plus, son corps fit ce qu'il n'avait jamais fait, mais qu'il était programmé pour faire depuis toujours : il nagea. Un instant plus tard, il grimpa sur la rive de l'autre côté et s'ébroua.

Aucun geste ni bruit ne provenait des tentes. Pax traversa silencieusement la prairie et gravit la petite pente. Il fit le tour du camp, en s'approchant de plus en plus du foyer.

Le sentiment de danger était fort. C'était difficile de ne pas s'enfuir. Après tout, il n'était habitué qu'à ses deux humains : celui qu'il aimait, celui qu'il tolérait. Plusieurs fois, il rampa jusqu'au bord du foyer, trouva l'odeur de viande mêlée à celle, menaçante, des hommes malades de guerre, et bondit en arrière.

Un os de porc rejeté, encore gras, eut raison de ses hésitations. Pax se glissa en avant. Tandis qu'il dévorait la viande, couverte de cendres mais encore chaude, un froissement de toile le fit sursauter. Il se figea.

Un homme émergeait d'une tente. Sa silhouette, découpée dans la lumière d'une lanterne, s'étira, et une longue ombre serpenta jusqu'au renard qui l'observait. L'homme fit quelques pas et se soulagea sur un buisson. L'odeur de son urine voyagea jusqu'à Pax, qui se hérissa, soudain sur le qui-vive.

C'était le père de son garçon.

16

– Ça suffit.

Ces mots, accompagnés de la main de Vola sur l'épaule de Peter, furent les bienvenus. Son pied pulsait, ses épaules lui faisaient mal, et ses aisselles étaient si irritées qu'elles saignaient. Ces deux jours au camp militaire Vola (c'était ainsi qu'il avait secrètement baptisé ces sessions de torture pendant lesquelles il gravissait des pentes avec ses béquilles, se traînait sur un sol pierreux sur les coudes et soulevait des montagnes de foin, perché sur un pied) l'avaient épuisé. Il se retourna vers la cabane, doutant soudain d'être capable d'aller jusque-là.

Mais au-dessus du toit de la maisonnette, les collines étaient voilées de nuages chargés de pluie. La nuit tombait. Il pensa à Pax, mouillé et transi.

– Je pourrais continuer.

– Non. Si tu en fais trop, ce sera contre-productif.

Peter hocha la tête et fit un pas vers la cabane. Mais Vola secoua la tête.

– Pas encore. (Elle désigna la grange.) La troisième condition.

La grange lui parut terriblement loin. Peter regarda de nouveau la cabane. Il n'avait qu'une envie : se laisser tomber dans le hamac. Il planta le bout de ses béquilles dans le sol avec une lenteur délibérée.

– Qu'est-ce que c'est ?

– Pas grand-chose. Tu vas actionner quelques marionnettes pour moi. C'est à ta portée ?

– Des marionnettes ? Je ne comprends pas.

– Tu sais ce que c'est ?

– Bien sûr !

Il repensa à la seule fois où il en avait vu de près, lors d'une kermesse, quand il était petit. Guignol, et le gendarme, et d'autres personnages de ce genre, aux longs mentons et aux nez pointus. Aussi squelettiques que des rats affamés, avec des yeux morts. Le marionnettiste les faisait se mouvoir sur scène avec d'horribles saccades. Il en avait fait des cauchemars pendant des semaines.

– Et alors ?

Vola le regarda un moment avant de répondre.

– Une autre chose que j'ai retrouvée à mon sujet : je me suis souvenue que je fabriquais des marionnettes pour mes nièces, quand j'étais adolescente. Je me suis rappelé combien j'aimais sculpter le bois.

Elle détacha deux foulards de sa salopette et les lui tendit avec un soupir.

– Enroule ça autour des crosses. Tu es toujours suspendu à ces béquilles. Porte ton poids sur tes paumes, gamin. Distribue-le dans tes bras, même quand tu ne fais rien d'autre que rester debout.

La gentillesse inattendue de Vola déstabilisait toujours Peter. Parfois, elle lui ordonnait sèchement d'exécuter une dizaine de tractions, ou mimait une explosion devant son visage pour lui déconseiller de s'approcher. Dans ces cas-là, il se sentait dans son élément, comme chez lui. Mais de temps en temps, elle massait ses épaules endolories avec un onguent, ponçait les échardes de ses béquilles, ou abandonnait ses corvées pour lui préparer une tasse de chocolat chaud ; il comprenait alors combien elle faisait d'efforts pour qu'il devienne fort et indépendant, et il se sentait coupable.

Il se sentit coupable tandis qu'il enveloppait les crosses dans le tissu doux ; il lui dit donc ce qu'il supposa qu'elle voulait entendre :

– Vos nièces devaient être très contentes d'avoir de si beaux cadeaux.

Mais il en doutait. Ses nièces avaient probablement jeté à la poubelle ces marionnettes aux yeux morts, squelettiques comme des rats, le soir même où elles les avaient reçues. Pas de cauchemars.

Vola haussa les épaules, mais Peter se rendit compte que ses mots lui avaient fait secrètement plaisir, et sa culpabilité se dissipa un peu. Il reposa son poids sur ses paumes endolories et la suivit jusqu'à la grange. Sur le seuil, il fit une pause pour inspirer l'air frais. Cela sentait la laine, et le foin, et l'huile de lin, et la peinture. Que des bonnes odeurs, pensa Peter en les reconnaissant l'une après l'autre. Et vraiment très bonnes quand elles étaient mélangées. Il entra.

Vola se dirigea vers le mur du fond, celui qui était recouvert de toile. Peter resta en arrière. Ce mur l'avait rendu nerveux dès le premier jour. Puis elle tira le tissu et il faillit perdre l'équilibre, comme si ce qu'il avait vu l'avait frappé avec une véritable force physique. Les marionnettes à fils, qui n'avaient rien à voir avec Guignol, étaient si réalistes qu'elles donnaient la chair de poule. Il n'avait jamais rien vu de semblable.

Il s'approcha et retrouva sa voix.

– Leurs yeux…

– Les bijoux de ma grand-mère. Elle avait de longs colliers de jais. J'ai utilisé les perles pour faire les pupilles. Elles brillent à la lumière, et mes amis ont l'air presque vivants.

Peter demeura à nouveau muet, et Vola ne le

dérangea pas tandis qu'il étudiait les personnages accrochés au mur devant lui.

Cinq d'entre eux étaient humains : un roi et une reine, un enfant, un pirate ou un matelot, et une sorcière. Les autres étaient des animaux. Toutes les têtes étaient en bois, d'une taille presque réelle, avec de grands yeux, mais les corps étaient composés de la plus grande variété de matériaux. Une tortue avait une carapace sculptée dans une courge verte et orange. Des écailles de pommes de pin formaient les écailles d'un serpent. Et des plumes : presque toutes les marionnettes portaient un assortiment de plumes qui leur tenait lieu de cheveux ou de chapeau, de manteau ou de pantalon. À côté de chaque marionnette, un mécanisme de tiges et de bâtonnets reliés ensemble par une fine corde noire était soigneusement accroché à un clou.

Au centre du mur était suspendu ce que Peter devina être la plus grande marionnette, couverte par son propre tissu. Vola l'ôta, et il demeura bouche bée.

Les ailes du grand oiseau étaient impressionnantes ; probablement un mètre vingt de large quand elles étaient déployées. Des centaines de plumes sombres se superposaient élégamment en rangs parfaits, avec des pointes peintes en rouges, comme si elles avaient été léchées par le feu. Vola le souleva de son perchoir et l'apporta à Peter.

– La plupart des autres animaux sont des marionnettes à tringle où seule la tête bouge, mais celle-ci avait besoin de voler. Je lui ai fait des ailes articulées. Quand il décolle, on sent presque le vent. Tu peux le toucher, si tu veux.

Peter tendit la main. Ses doigts caressèrent une fine omoplate couverte de plumes, puis le bec en bois pointu, peint en doré vif. Les yeux de l'oiseau, grands et noirs, étincelaient. Il baissa la main.

– Et qu'est-ce que je suis censé faire avec ?

Vola désigna les bottes de foin.

– Autant nous asseoir. Je vais commencer depuis le début.

Peter s'affaissa sur une botte de foin, heureux de se reposer. Il regarda Vola raccrocher le grand oiseau. Elle prit un petit livre dans une niche du mur, puis vint s'asseoir auprès de Peter.

– J'ai tué quelqu'un.

Elle leva les yeux. Peter ne fut pas assez rapide pour cacher son choc.

Elle poussa un soupir lourd de colère.

– Quelles que soient les *dyableman* histoires qu'on nous fait avaler selon lesquelles on va apprendre un métier et se dépasser soi-même, dans une guerre, on est là pour tuer des gens. Tuer ou être tué : c'est le contrat.

Ce n'était pas vrai. Son père, par exemple. « Tu ne te battras pas, n'est-ce pas ? » avait insisté Peter.

Son père avait ri et répondu que non, qu'il ferait à peu près la même chose que dans la vie civile : poser des fils électriques.

Cependant, Peter ne prit pas la peine de corriger Vola, à cause de son expression bouleversée.

– Vous avez tué quelqu'un.

– J'ai probablement tué beaucoup de personnes, ou au moins contribué à leur mort. Mais celui-là… celui-là, je l'ai vu. Après. J'ai dû le fouiller. Nous étions entraînés à chercher des armes, tout ce qui pouvait être utile. Je suis tombée à genoux. Il fallait que je le touche, que je cherche ces armes. Je me rappelle le choc que j'ai ressenti quand je l'ai touché. J'étais étudiante en médecine, et pourtant, je m'attendais à moitié à ce qu'il soit en plastique. Pas réel. C'était ainsi qu'on nous apprenait à penser à l'ennemi, pendant l'entraînement. Mais bien sûr, il était… il était chaud. Il faisait froid, dehors, et de la chaleur irradiait de lui. Comme si sa vie s'écoulait hors de son corps. Et je le touchais sans sa permission. Je l'avais assassiné, mais ce qui m'ennuyait, c'était qu'il avait perdu le droit de dire oui ou non à ce qu'on lui faisait. Tu penses probablement que c'est cinglé, hein ?

La bouche de Peter s'était asséchée. Il ne savait pas quoi dire. Et puis il repensa à la psychologue aux yeux doux, et il trouva.

– Ça a dû être dur pour vous.

Vola le regarda avec une expression surprise et soulagée. Elle hocha la tête.

– Brusquement, je souhaitais désespérément savoir qui c'était. D'où il venait, qu'est-ce qui l'intéressait, qui l'aimait. Sa bouche était ouverte, comme s'il avait voulu me parler. J'ai alors compris quelque chose : que même si c'était un homme, même s'il était d'une origine ethnique différente, même s'il avait grandi dans un autre pays, nous avions peut-être eu plein de choses en commun. Des choses importantes, plus importantes que le nom de l'armée qui nous avait engagés. « Deux, mais pas deux ». Sauf que je l'avais tué, et que je ne le saurais jamais. Je l'ai fouillé, pas pour trouver des armes, mais des indices sur qui il avait été.

Vola se tut, le visage si ravagé que Peter aurait voulu détourner les yeux.

– Et…

– Et ça. (Vola leva le livre.) *Les Sept Voyages de Sindbad*. Tiré des *Mille et Une Nuits*. Dans sa poche. Il l'avait apporté dans la bataille, donc ça devait signifier quelque chose. Un vieil exemplaire : probablement son livre préféré quand il était petit. Sindbad était courageux, donc peut-être qu'il pensait que ça lui donnerait du courage. Ou peut-être qu'il voulait juste se rappeler qu'autrefois, il avait été un petit garçon, et qu'il avait lu des livres, et qu'il s'était senti en sécurité. Une page était cornée : le passage où Sindbad échappe au Rokh. Je me suis dit que cette histoire l'aidait sans doute à croire qu'un jour, il s'en tirerait, lui aussi, et rentrerait chez lui.

Vola se leva. Elle décrocha à nouveau la grande marionnette ailée du mur.

– Le Rokh. Cet oiseau pouvait soulever des éléphants dans ses serres. Regarde-le.

Elle apporta l'oiseau près de Peter et lui tourna le bec pour qu'il le voie en face. Son regard était si féroce que Peter se ratatina.

– Et qu'est-ce que je suis censé faire ? demanda-t-il à nouveau.

– Ce livre était si important pour ce soldat qu'il l'a emporté dans la bataille. Je me suis dit que puisque je lui avais pris la vie, je lui devais quelque chose. Je lui devais de raconter l'histoire qui signifiait tant pour lui. J'ai fabriqué toutes ces marionnettes, et depuis vingt ans, je raconte l'histoire de Sindbad qui échappe au Rokh ici, dans ma grange.

Vola tendit à Peter la croix d'attelle qui permettait de faire bouger l'oiseau.

– Et maintenant, je vais enfin savoir de quoi ça a l'air.

17

Pax regarda Gris laper l'eau au bord de la rivière, puis revenir en chancelant. Cela faisait deux jours que les renards se reposaient en face du camp des malades de guerre, mais l'état de Gris ne s'améliorait pas. Quand le vieux renard atteignit l'ombre épineuse du tsuga, il s'écroula. Ses yeux étaient vides et vitreux, et il tressaillit à peine quand Pax lui nettoya encore une fois le cou.

Pax trouva la blessure encore plus enflammée.

Reste caché. Dors.

Il quitta Gris et remonta la rivière jusqu'à un endroit qu'il avait découvert, où le cours d'eau devenait plus étroit, au fond d'un canyon, et où les broussailles étaient si denses qu'il pouvait se déplacer sans être vu par les humains. Il n'avait pas réussi à trouver grand-chose à manger : la zone pullulait de souris et de lapins, mais quand Pax tentait maladroitement de les attraper, ils lui filaient entre les pattes. En dehors de scarabées et de baies pas encore mûres, il n'avait mis la patte que sur quelques écrevisses, que Gris avait refusées.

Pendant une demi-heure, Pax essaya encore et encore. Il bondit sur des campagnols qui trottinaient et des roitelets qui sautillaient, et une fois sur une grenouille qui prenait le soleil. Mais à chaque fois, ses mâchoires se refermaient sur l'air. Il avait de plus en plus faim à chaque échec. Il avait besoin de viande, pour lui-même et pour son compagnon affaibli. La riche odeur provenant du camp le torturait.

Il sauta dans l'eau. À cet endroit-là, le courant était rapide, mais au milieu, trois gros rochers collés les uns aux autres formaient un perchoir solide. De là, Pax avait un bon point de vue sur les humains plus bas.

D'autres s'étaient joints aux premiers. Quelques femmes ; surtout des hommes. Pax ne cessait de vérifier que son garçon ne figurait pas parmi eux, parce que le père était encore là, et parce qu'il sentait que sa maison n'était pas loin. Mais seuls des adultes étaient apparus.

Beaucoup d'entre eux se trouvaient à présent dans la prairie. Certains, près de la rive, déroulaient des câbles juste en face de l'endroit où se tenait Gris, ce qui inquiétait Pax. Mais les soldats ne semblaient s'intéresser à rien d'autre qu'à leur travail.

Pax avait appris leur routine. Chaque matin, deux d'entre eux entraient dans la tente dont ses sens l'informaient qu'elle était remplie de nourriture. Ces deux hommes cuisinaient sur le feu, et les autres malades de guerre se rassemblaient pour manger. Plus tard, ils s'affairaient dans la prairie, ou près des véhicules, d'où ils déchargeaient de plus en plus de matériel ; mais personne ne retournait dans la tente aux provisions jusqu'au crépuscule, lorsque les deux mêmes hommes préparaient le repas du soir et appelaient les autres.

On était au milieu de l'après-midi. Pax étudia les malades de guerre quelques instants supplémentaires pour s'assurer qu'ils étaient occupés, puis traversa le reste de l'eau bouillonnante sur un tronc d'arbre abattu. Le ventre frôlant le sol, il longea la crête jusqu'à se positionner au-dessus de la vieille corderie.

Là, il fit une pause pour examiner la scène. Trois hommes étaient postés dans le camp juste en dessous. Ils entassaient du matériel nouveau sur le bord sud de la corderie, à l'endroit où deux murs épais se rencontraient.

Les autres humains étaient dans la prairie. Certains apportaient des rouleaux de câbles jusqu'aux trous qu'ils avaient creusés près de la rivière. D'autres installaient des boîtes dans ces trous, puis les recouvraient de pelletées de terre.

Deux groupes de deux hommes avaient traversé la rivière. Ils creusaient des trous sur la rive opposée, juste sous le tsuga où Gris se reposait. Pax savait que les humains ne sentiraient pas l'odeur du vieux renard, et que ce dernier ne sortirait pas de sa cachette tant qu'ils seraient proches. Néanmoins, il se hérissa, inquiet, et se promit de déplacer le blessé vers un endroit plus sûr dès la nuit tombée.

Pax fonça vers le nord des ruines de la corderie, du côté des tentes et des véhicules. À cet endroit-là, un bouleau dépassait du mur de pierre.

Pax s'arrêta net.

Il était déjà venu ici. L'arbre avec son écorce blanche fendue, les murs, la prairie en dessous qui sentait l'ail sauvage et la fléole des prés et légèrement le goudron… tout, il reconnaissait tout. Il était venu ici avec son garçon, longtemps auparavant, quand il n'était qu'un renardeau.

La scène lui revint. Des bâtons. Peter et trois autres garçons s'élançaient les uns sur les autres du haut de ces murs de pierre, en criant et en brandissant des bâtons. Ils riaient, mais ces bouts de bois qui tournoyaient dans l'air avaient inquiété Pax. Il était resté collé à Peter, en jappant quand les autres garçons s'approchaient trop près, jusqu'à ce que Peter l'attache précisément à cet arbre. Pax avait passé le reste de l'après-midi à gémir et à mordre la corde.

Peter était venu ici ! Pax flaira consciencieusement l'arbre et la base du mur, mais il n'y trouva plus aucune trace de son garçon. En revanche, l'odeur des malades de guerre était partout, forte et dangereuse. Pax sentit ses entrailles se crisper.

Il étudia les tentes jusqu'à ce qu'il soit sûr qu'il n'y ait aucun mouvement. Puis il fonça vers celle qui contenait la nourriture. Parvenu au coin, il s'arrêta, vérifia de nouveau autour de lui et se glissa sous la toile.

À l'intérieur, de la viande était suspendue au-dessus de tables où étaient empilés oignons et pommes de terre : une véritable aubaine, à sa portée ! Pax bondit et attrapa un jambon qu'il arracha de son crochet, puis il jaillit hors de la tente, son lourd trésor entre les mâchoires.

Il courut vers le haut de la colline, derrière les murs, et à travers les broussailles. À la rivière, il lâcha le jambon et se régala de viande salée. Il déchira ce qui restait en gros morceaux, et en enterra deux dans le sol sablonneux au bord de la rivière, avant de marquer les caches.

Il ramassa le dernier morceau, un festin de viande et de gras qui nourrirait Gris pendant des jours, et le transporta sur le tronc abattu. Il fit une pause du haut des rochers pour examiner encore une fois les alentours.

Les humains avaient disparu. Une nouvelle odeur, légère mais angoissante, flottait dans l'air. Pax la reconnut. Quand il avait environ un an, le père avait apporté un ventilateur dans la chambre de son garçon. Pax détestait la noire odeur électrique qui émanait du fil reliant le ventilateur au mur. Une nuit, alors que l'odeur était particulièrement dangereuse, il avait grignoté le fil jusqu'à le couper en deux, comme on tue un serpent.

L'instinct de Pax lui criait de fuir cette odeur menaçante, mais il ne voulait pas partir sans Gris. Juste à ce moment-là, il vit le vieux renard sortir de l'ombre du tsuga et se diriger d'un pas mal assuré vers la rivière.

Gris trébucha. Instantanément, l'odeur de brûlé s'intensifia à cet endroit, comme de la foudre montée du sol ; à la même seconde, la rive explosa. Terre, cailloux, eau et herbe s'élevèrent en un rugissement furieux, puis retombèrent sur le cratère qui s'était formé comme une terrible pluie noire.

Pax lâcha le jambon et glapit pour appeler Gris. Ses oreilles bourdonnaient dans les vibrations du silence.

Les malades de guerre jaillirent de derrière les murs. D'après leurs cris, Pax comprit qu'ils étaient joyeux. Ils coururent dans la prairie, traversèrent la rivière avec force éclaboussures, et s'éparpillèrent sur la rive encore fumante. Après avoir cherché un certain temps, ils s'en retournèrent au camp.

Quand le dernier malade de guerre fut reparti, Pax descendit le long du canyon au galop.

La grosse branche du tsuga, arrachée de l'arbre, s'était abattue sur la poitrine de Gris. Pax toucha du nez la joue sale de boue de son ami, tâta son flanc. Il flaira le museau de Gris. Il y avait encore une respiration, mais à peine.

Pax s'allongea contre le vieux renard, collé à lui. Il ne pouvait lui offrir que sa compagnie. On ne lui demandait rien d'autre.

Connecté aux derniers souvenirs de Gris, il entendit le chant d'un oiseau arctique au lieu des cris des humains. À la place du nuage de cendres qui flottait autour d'eux, il vit avec Gris un large ciel bleu. Au lieu d'être allongé sur un sol déchiqueté, il fit des galipettes avec Gris et ses jeunes frères sur une toundra enneigée parsemée de fleurs bleues en forme d'étoiles. Il ronronna avec Gris sous la langue rêche de sa mère argentée, goûta son lait chaud, sentit le poids de son museau posé sur son crâne de nouveau-né. Et puis la paix.

Le vieux renard ne bougea plus.

Pax se leva. Il appuya son front contre la joue de son ami. Il s'assit et hurla, sans se soucier de savoir si les malades de guerre l'entendaient. Puis il se mit à courir.

Cette fois, il n'y avait aucune joie dans sa course, juste le soulagement que son corps lui obéisse. Il courut, courut vers le nord, courut dans le crépuscule, courut toute la nuit.

Quand l'aube poignit, il entra sur le territoire du renard fauve et continua à courir. L'autre fonça vers lui pour le défier, mais il recula devant la détermination de Pax, et le laissa passer. Pax galopa vers le bas de la falaise, traversa comme une flèche le fond de la vallée et s'engagea dans la longue montée vers la prairie. À mi-hauteur, il s'arrêta et leva la tête.

Trois renards le regardaient s'approcher. Ils lui étaient désormais familiers : la compagne de Gris, au ventre toujours gonflé de petits ; non loin de là, Avorton, qui faisait la moitié de sa taille. Hérissée n'était pas debout à côté d'eux : sa fourrure vive brillait à la base du grand sapin qui surplombait la prairie, le sapin sous lequel sa sœur était morte.

L'odeur de la mort de Gris imprégnait la fourrure de Pax, mais les renards étaient déjà au courant.

Pax gravit au pas le reste du chemin. Quand il atteignit le terrier de Gris, il leva la tête et émit des notes empreintes de chagrin. Trois renards se joignirent à lui.

La compagne de Gris s'avança. Elle flaira le nez

de Pax, puis son flanc. Elle apprit ce qui s'était passé : la bagarre, qui n'avait pas tué son compagnon, et l'explosion provoquée par les humains, qui l'avait fait. Elle apprit aussi que Pax avait protégé Gris, l'avait nourri, avait nettoyé sa blessure, ce dont elle lui fut reconnaissante. Et elle apprit l'information que Gris avait obtenue au prix de sa vie.

Le Sud n'est pas un endroit sûr pour nous ?

Ce n'est pas un endroit sûr.

La compagne de Gris s'éloigna. Son ventre se balançait sous elle.

À présent qu'il avait apporté son message, Pax se laissa tomber sur l'herbe, épuisé. Avorton accourut pour se faire une place à côté de lui, et Pax laissa avec bonheur le renardeau le lécher. Sous le sapin au-dessus d'eux, Hérissée les observait.

Pax dormit tout l'après-midi d'un sommeil agité, hanté par des rêves où son garçon était suspendu à des câbles fumants. Finalement, lorsque la lune se leva au milieu d'un ciel indigo, il se remit debout.

Il huma l'odeur des renards, liés par leur chagrin d'avoir perdu la créature argentée qui les unissait. Il était lié à eux par le même chagrin, et il savait que s'il décidait de rester dans cette vallée, il y serait le bienvenu. Mais ses rêves le poussaient à retourner vers le camp des malades de guerre.

Il était sur le point de partir quand il sentit la présence de Hérissée, qui descendait la colline. Il attendit.

Où vas-tu ?

Pax partagea ce qu'il avait compris : la terre qui explosait, c'était la guerre, et les câbles apportaient la mort. Il partagea sa crainte que son garçon puisse passer par là s'il allait rejoindre son père, et sa détermination de protéger Peter.

Ces explosions, elles tueraient des humains ?

Oui.

Elle le contourna pour le regarder en face.

Alors, laisse-les.

Pax l'ignora. Il prit son élan et sauta. Il courait déjà quand il toucha le sol.

18

Lorsqu'il aperçut Vola qui avançait clopin-clopant sous la pluie vers la grange, Peter lâcha la poutre et essaya de ne pas avoir l'air coupable. Vola le soupçonnait de faire plus de gymnastique qu'elle ne le lui ordonnait (c'était le cas : le double, en général) et cela lui déplaisait. « Il faut quatre semaines à un adulte en bonne santé pour faire ce que tu essaies de faire en une semaine. Tu vas finir par te blesser », l'avait-elle averti plusieurs fois. En quelques jours à peine, c'était déjà devenu une dispute récurrente.

Il la regarda secouer l'eau dont elle était couverte sur le seuil, et cela lui rappela Pax, qui s'ébrouait comme un chien. Pleuvait-il, là où il était ? S'ébrouerait-il encore s'il n'avait pas de maison chaude et sèche où s'abriter ? Peter frissonna et se frotta les bras.

– Qu'est-ce qui se passe ? Tu as l'air d'avoir mal aux bras.

– Non.

Bien sûr qu'il avait mal. Mais c'était une douleur positive, des courbatures qui signifiaient que le moment où il serait assez fort pour partir approchait. Il se jeta à plat ventre et fit trois pompes, le plâtre posé sur sa cheville gauche.

– Vous voyez ? Tout va bien. Je peux faire la course d'obstacles, maintenant ? Il ne pleut plus tant que ça.

– Non. Il ne faut pas mouiller le plâtre. Je trouverai un moyen de l'imperméabiliser avant que tu t'en ailles, mais pour l'instant, reste à l'intérieur. Tu as déjà fait tous tes exercices ?

– Poutre, sac, parpaing. Tout le travail de base que vous m'avez appris.

Vola désigna du menton le mur de marionnettes.

– Dans ce cas, pourquoi ne pas t'exercer un peu ?

Parce que ce ne sont pas ces marionnettes qui me rapprocheront de mon renard d'une seule minute, aurait voulu dire Peter. Il se contenta de pousser un profond soupir et de lever les yeux au ciel. Vola resta impassible :

– Comment tu te débrouilles ?

– Ça va. Bien, je veux dire.

Il s'était exercé, un peu. Et il avait fait quelques progrès. En tout cas, les fils ne s'emmêlaient plus. Néanmoins, parfois, les marionnettes faisaient exactement l'opposé de ce à quoi il s'attendait, et elles se mouvaient toujours par saccades, comme si elles avaient été électrocutées. Mais il était à bout de patience.

– Faisons le spectacle, Vola. Je vais bientôt partir. (Peter souleva ses béquilles, qui semblaient le prolongement de ses bras, maintenant.) Hier, je suis monté jusqu'au sommet et redescendu deux fois : j'ai passé presque six heures sur ces trucs. J'aurais pu aller jusqu'à huit, mais vous me les avez confisquées, vous vous rappelez ? Je suis prêt à reprendre la route.

Vola mit une poignée de clous dans une poche de sa salopette et glissa un marteau dans la boucle de sa ceinture. Puis elle le regarda bien en face.

– Montre-moi comment tu t'en sors avec Sindbad.

Peter poussa un autre soupir, que Vola ignora à nouveau, et décrocha Sindbad du mur. Il fit passer la marionnette au-dessus d'une botte de foin et la fit tomber sur les œufs en bois, dans le gros saladier de fer-blanc que Vola avait peint de manière qu'il ressemble à un nid. Il savait à quel point les mouvements étaient maladroits, mais il lui jeta un regard plein d'espoir.

– Vraiment ? C'est ça, le héros désespéré qui risque sa vie pour tenter d'échapper au puissant oiseau Rokh ?

Vola lui prit la croix d'attelle des mains, et

aussitôt, la marionnette sembla devenir de chair et d'os.

– Pense à ce qu'il veut faire, dit-elle, comme si Peter lui avait demandé de lui donner une leçon. Il veut s'enfuir. Ses bras sont baissés, mais ce sont eux qui bougent en premier, tu vois, comme ça, avec des gestes lents, un peu sournois. Il s'enfonce progressivement dans le nid jusqu'à ce qu'il soit caché derrière l'œuf. Une fois qu'il y est, tu peux le lâcher et faire voler le Rokh au-dessus du nid. Il arrive par l'autre côté : il doit venir de la droite, rappelle-toi, pour ne pas s'emmêler dans les fils de Sindbad. Abaisse-le directement sur l'œuf, pas trop vite, jusqu'à ce que les aimants de ses serres se collent à ceux des mains de Sindbad.

– Ils ne bougent pas comme ça, pour moi. Pourquoi n'installez-vous pas un miroir pour vous regarder jouer l'histoire vous-même ?

Vola lui lança un regard noir.

– C'est la troisième condition, et ce n'est pas facultatif. Viens ici.

Elle porta la marionnette jusqu'à l'établi.

– Il désire bouger. Toutes les marionnettes ont envie de bouger, parce que c'est comme ça que je les ai fabriquées. Tu dois juste leur montrer comment. Tes muscles sont les leurs. Tes muscles sont les leurs.

Elle ôta le manteau de Sindbad. Ensuite, à la

grande surprise de Peter, elle dénoua les ficelles. Saisissant un tournevis, elle démonta la marionnette jusqu'à ce qu'il n'y ait plus qu'un tas de morceaux éparpillés. Puis elle tendit le tournevis à Peter.

Le garçon coinça les béquilles sous ses aisselles et leva les paumes.

– Tu as regardé ? demanda-t-elle.

– Oui, mais…

– Je suis juste passée chercher des outils. Je reviens dans une heure. D'ici là, tu auras remonté cette marionnette, et ensuite, tu n'auras plus de problème.

Elle lui colla le tournevis dans les mains et partit sans ajouter un seul mot.

Ce fut moins difficile que prévu. Les genoux et coudes de la marionnette étaient de simples charnières ; les joints des épaules et les hanches étaient faits de boules de bois taillé, ce qui leur permettait une plus grande amplitude de mouvement. Les mains et les pieds étaient accrochés avec des rubans de cuir.

Renouer les ficelles fut plus difficile. Mais quand il comprit que les mains devaient être directement reliées à la croix d'attelle qui bougeait comme une libellule, le reste vint tout seul.

Et Vola avait raison : lorsqu'il eut remonté Sindbad, il réussit à bouger le pantin avec beaucoup moins d'à-coups. « Tes muscles sont les leurs », avait dit Vola, et en effet, Peter trouva le moyen de faire passer les mouvements qu'elle lui avait suggérés de son propre corps à celui de Sindbad.

En revanche, « Tes muscles sont les leurs » ne fonctionnait pas pour le Rokh. Peter plia les épaules, avança les bras, mais l'oiseau ne décrivit que quelques embardées avant de tomber comme si on l'avait abattu. Son regard étincelant semblait lourd de reproches.

– Je suis désolé, oiseau. Mais je ne sais pas ce que tu veux faire, au fond. Manger ce type ? Protéger ton œuf ?

Soudain, Peter eut envie de connaître l'histoire du Rokh, de faire les choses correctement. Il trouva la niche où Vola conservait le livre de Sindbad. En l'extrayant, il entendit un petit *clang*. Il y avait quelque chose, au fond.

Il le prit. Une boîte en fer-blanc, carrée, d'un jaune passé, portant une inscription en partie effacée : BISCUITS SOLEIL. Il la soupesa et repensa à la vieille boîte à cookies qu'il avait trouvée chez son grand-père, contenant les soldats en plastique qui montaient la garde à côté de l'étonnante photo.

Il ôta le couvercle. À l'intérieur il y avait une pile de fiches, portant une écriture qu'il avait déjà appris à connaître. Il comprit aussitôt qu'il tenait à la main les vérités personnelles de Vola, celles qu'elle conservait dans un lieu secret. Il referma brusquement le couvercle, ne voulant pas s'immiscer dans sa vie privée. Mais c'était trop tard : il avait déjà lu celle du dessus.

J'aurais été une bonne enseignante.

Ce n'était pas une vérité horrible, et elle ne paraissait même pas si personnelle. Néanmoins, il regretta de l'avoir vue. Il repoussa la boîte dans la niche et y glissa le livre, juste au moment où Vola revenait.

Il désigna les marionnettes.

– J'ai compris, maintenant. Faisons le spectacle.

Mais Vola se dirigea vers son établi et versa de l'huile sur une pierre à aiguiser.

– Pas encore. Il nous faut d'abord un théâtre. Je bricolerai quelque chose quand j'aurai un peu de temps libre.

– Un théâtre ? Vous n'aviez pas parlé d'un théâtre !

– Les marionnettes ne peuvent pas se balader dans l'air au-dessus des bottes de foin.

Il commença à protester, mais elle se retourna et leva la main pour le faire taire.

– Écoute, gamin, je veux voir l'histoire de ce soldat telle qu'elle devrait être vue. Il faut que tu respectes ce que ça signifie pour moi, même si tu ne comprends pas. Tu *devrais* comprendre, soit dit en passant. Tu portes sur toi ce bracelet avec le phénix ; c'est pareil. Tu racontes l'histoire de ta mère pour elle.

– Mais ça va prendre longtemps…

– Et nous ne sommes pas pressés : de toute façon, tu vas encore rester une semaine ici.

Elle boita jusqu'à l'établi, s'assit et commença à choisir des outils. Discussion close.

Peter se jeta sur un tas de bottes de foin. Une autre semaine comme celle-ci, et il deviendrait fou.

Ce mot le fit méditer. Il ne pensait plus que Vola était folle. Il se redressa sur un coude et l'observa en train de polir ses outils. Elle les soulevait un à un. Les nettoyait avec soin. Les rangeait chacun précisément à sa place. Il y avait dans ses mouvements une détermination tranquille qui lui plaisait. Un enchaînement que l'on pouvait prédire.

François entra en se dandinant et en bâillant. Il grimpa sur une fourche dans le râtelier et entreprit de se laver avant de faire une sieste. Peter se rendit compte que, comme François, il était désormais à son aise en compagnie de Vola.

Peter tendit le cou pour voir ce qu'elle fabriquait. Un manche. Elle avait apporté une binette cassée, et était en train de lui confectionner un nouveau manche. Une chose simple, mais qui lui parut presque magique. Comme ses béquilles. Avant de les avoir, il était totalement impuissant. Vola avait cloué quelques planches ensemble, et à présent, il pouvait parcourir des kilomètres à bonne allure. Magique.

Il attrapa ses béquilles et les plaça sous ses bras, remarquant au passage à quel point leur solidité lui procurait un sentiment de réconfort. Il avança jusqu'à l'établi.

– J'aimerais bien fabriquer quelque chose. Vous pourriez m'apprendre ?

Vola recula sur son siège pour le dévisager longuement. Au bout de ce qui lui parut une minute entière, elle hocha la tête :

– Inutile de laisser moisir ton cerveau. Qu'est-ce que tu sais sur le travail du bois ?

– Il faut tourner le couteau vers l'extérieur quand on taille. C'est tout ce que je sais.

– C'est un début. Mais ce n'est pas ce dont je parlais.

Vola choisit un bloc de bois dans sa corbeille et le posa sur l'établi.

– Qui est-ce qui commande, ici ?

– Pardon ?

– Qui est le chef : moi, ou le bois ?

Peter comprit que c'était un test. Il regarda le bois qui attendait, informe, immobile. Puis il regarda la rangée d'outils étincelants qui semblaient vibrer tant ils avaient hâte de se mettre à découper.

– Vous. C'est vous qui commandez.

Vola hocha la tête. Elle choisit un outil en forme de cuillère et un maillet, puis examina le bois avec la même intensité que celle qu'elle avait consacrée à Peter une minute plus tôt : comme si elle essayait de déchiffrer un message secret caché sous la surface. Elle enfonça le ciseau dans le bois frais. Il se cassa avec un craquement net, et un copeau recourbé sauta sur l'établi. Elle se retourna vers Peter.

– Et maintenant ? Qui est-ce qui commande, maintenant ?

Le visage de Vola ne trahissait rien. Mais le bois parla. Son entaille était devenue une question qui exigeait une réponse.

– Le bois, dit-il, sûr de lui.

– Oui. À partir de maintenant, le chef, c'est le bois. Le sculpteur est le serviteur du bois. Tous les artisans sont les serviteurs de leurs œuvres. Une fois que tu as décidé ce que tu voulais faire, c'est le projet qui commande. Tu sais ce que tu veux faire ?

La réponse jaillit aussitôt :

– Comment est-ce qu'on sculpte un renard ?

Dès que les mots sortirent de sa bouche, Peter s'attendit à s'entendre dire que c'était à lui de le découvrir tout seul. Mais Vola le surprit.

– Un jour, quelqu'un a demandé à Michel-Ange comment il avait créé une de ses statues. Il a répondu : « J'ai vu l'ange dans le marbre, et j'ai taillé jusqu'à ce qu'il soit libre. » Ça peut être un bon moyen de voir les choses. Bien sûr, si tu veux trouver un renard dans du bois, il faut commencer par trouver le bois.

Elle fit signe à Peter de la suivre jusqu'à la corbeille.

– Différentes sortes de bois, différentes qualités. Le tilleul est facile à tailler, convient aux détails précis, et il est léger. Je l'utilise pour faire la tête des marionnettes. Le pin, comme celui-ci…

– Le frêne blanc est l'idéal pour les battes de base-ball, intervint Peter. Il est très dur.

Vola fit passer le morceau de pin d'une main à l'autre en silence pendant un moment.

– À propos… tu n'as vraiment pas de batte ? Tu adores jouer au base-ball, mais tu n'as pas de batte ?

– Je joue dans le champ extérieur.

– Et… donc ? Tu attends que quelqu'un frappe la balle, puis tu cours après ? Tu te contentes de réagir ? Tu n'as pas envie de frapper, aussi ?

– Ce n'est pas ça. Une fois que j'ai la balle, c'est moi qui contrôle la situation. Je ne réagis pas : je prends des décisions. Et je frappe aussi, des fois. L'équipe a des battes. Vous ne connaissez rien au base-ball.

Elle rejeta le morceau de bois dans la corbeille en haussant les épaules.

– Peut-être que je n'y connais rien au base-ball. Mais je commence à te connaître, toi. Et je pense que tu as besoin d'une batte.

Peter se concentra sur la corbeille. Il passa la main sur les morceaux de bois tandis qu'une image de verre bleu brisé sur des roses blanches lui apparaissait. Cette image qu'il ne pouvait éviter quand il était debout sur le marbre du terrain, avec une batte de l'équipe à la main, qu'en se concentrant férocement sur les gestes du lanceur.

S'il possédait de nouveau sa propre batte, à chaque fois qu'il la prendrait en main, il reverrait ce verre bleu brisé sur ces roses blanches. Et ça le détruirait.

Contrôlant sa respiration, il souleva un morceau de bois couleur miel, de la taille qu'avait Pax quand il l'avait trouvé.

– Et ça ? Il est ondulé, comme de la fourrure.

Vola eut l'air de se mordre les lèvres pour ne pas continuer à argumenter au sujet de la batte.

– Noyer cendré, dit-elle finalement. Très beau grain. Assez souple. Étudie-le pendant un moment. On commencera à le tailler demain.

Ce soir-là, tard, alors qu'il était sur le point de grimper dans son hamac, rompu de fatigue, Peter vit le morceau de bois qu'il avait posé sur le rebord de la fenêtre. Il n'avait presque pas pensé à Pax de toute la journée. Un sentiment de culpabilité l'assaillit. Il était en train de devenir un garçon sans renard, ce qu'il n'avait pas été depuis ses sept ans.

Il lui avait fallu bien plus longtemps – un an et seize jours, précisément : il avait compté – pour passer une journée entière sans penser à sa mère. Ce jour-là, il était allé camper avec la famille d'un ami. Ils étaient montés dans des canoës au matin, ils avaient pêché, nagé, monté des tentes, fait griller des hot-dogs. Ce n'était qu'au moment où il était entré dans son sac de couchage sous les étoiles qu'il avait été frappé par son manque de loyauté. L'idée qu'il méritait de ne pas avoir de mère l'avait hanté.

Il prit la photographie de sa mère dans son sac. L'anniversaire, le cerf-volant. Un de ses meilleurs souvenirs. Le cerf-volant n'avait jamais voulu décoller : Peter n'avait que six ans, et ce n'était en réalité rien d'autre qu'un dessin de dragon scotché à des bâtonnets d'esquimaux. Même à cet âge tendre, il avait su que si son père avait été là, cet échec aurait gâché l'après-midi. Mais il n'était pas là, et sa mère avait ri, et ils avaient étalé une couverture sur la colline et improvisé un pique-nique à base de nougatine et de jus de raisin, et avaient inventé une histoire après l'autre au sujet de ce dragon de papier bien trop malin pour s'envoler dans les airs alors que tant d'aventures l'attendaient sur la terre.

Peter posa la photo sur le rebord de la fenêtre à côté du morceau de bois. Il ferma les yeux. Il avait besoin de déterrer quelques souvenirs de Pax, à présent.

Pax en train de l'attendre devant la porte de son enclos à chaque fois que Peter rentrait à la maison, parce qu'il distinguait le crissement des freins du car scolaire. Pax flairant l'intérieur de son cartable à la recherche de trognons de pomme. Pax pointant le nez hors de la poche de son pull. Peter l'avait emporté en cachette à l'école, un jour : il était en CE1, et il n'avait pas pensé aux conséquences pour le renardeau. Il avait juste voulu bénéficier de la consolation secrète de sa compagnie. Or, il y avait eu un exercice d'évacuation, et la sirène d'alarme avait terrifié Pax. Peter avait été renvoyé chez lui, et son père avait été furieux, mais le tremblement et les gémissements du renardeau avaient été sa véritable punition.

Son meilleur souvenir était un souvenir de paix. L'avant-dernier hiver avait été froid, et Peter ne voulait pas s'éloigner de la cheminée, même pour faire ses devoirs. Il faisait si glacial que son père s'était laissé fléchir et avait accepté que Pax entre dans la maison pour s'allonger devant le feu. Pax somnolait. Son museau et ses pattes de devant devenaient si chauds que Peter les touchait régulièrement pour vérifier que tout allait bien. Peter se rappelait ses doigts qui caressaient la fourrure de son animal entre les omoplates tandis qu'il lisait ses leçons d'histoire. La paix.

Il ouvrit les yeux et souleva le morceau de noyer cendré. Et à la pâle lumière de la lune, il vit le renard dans le bois.

19

Hérissée avait commencé par suivre Pax, mais ses longs sauts dépassaient ceux de la renarde, et il avait galopé sans s'arrêter pendant toute la nuit et toute la matinée. Quand il atteignit la rivière devant la corderie cet après-midi-là, cela faisait des heures qu'il n'avait plus perçu sa présence. Il se glissa silencieusement au milieu d'une touffe de roseaux verts, en contrebas de l'endroit où reposait le corps de Gris. Il plongea son museau dans l'eau et but. Quand il eut étanché sa soif, il écarta les roseaux pour observer la prairie.

Elle était vide. Les véhicules étaient partis. Il n'y avait aucun signe des humains. Pourtant, leur odeur était récente, et plus forte que jamais. Ils se trouvaient dans les parages, et ils étaient anxieux. Pax remonta le courant et traversa la rivière là où elle se rétrécissait, puis courut sur la crête arborée pour observer le site d'en haut.

Des tranchées récentes rayaient le flanc de la colline derrière les ruines de la corderie. Comme un groupe de renards cachés dans leurs tanières, les soldats s'étaient retirés dans leurs fossés. Quelques-uns creusaient toujours, d'autres œuvraient avec le matériel, d'autres encore discutaient en étudiant des cartes. Les véhicules étaient garés derrière les murs.

Pax revint en arrière, retraversa la rivière, redescendit le courant. À nouveau, il se glissa dans les roseaux, et en levant les yeux, il constata encore une fois que, de là, on ne voyait aucun humain. La noire odeur électrique imprégnait lourdement l'air.

Le vent changea, apportant de la fumée venant de l'ouest. Il l'avait sentie à deux reprises sur sa route, mais cette fois, elle était plus épaisse, plus dangereuse. Plus proche. Pax ne pouvait pas attendre l'obscurité de la nuit.

Il plongea dans l'eau, nagea en ne laissant dépasser que sa tête mince, monta sur la rive et s'ébroua. Collé au sol, il se dirigea vers l'abri le plus proche : un chêne blanc, au tronc entouré de surgeons, à quelques sauts de là.

Une fois à couvert, il vit ce qu'il cherchait : à mi-distance des murs de la corderie, là où la pente s'adoucissait, un bloc de granit rose affleurait du sol. Un faisceau de câbles le traversait avant de se renfoncer dans la terre.

Pax sortit en rampant. Ses pattes percevaient une menace dans le sol : d'autres boîtes étaient enterrées près de la rive, et la prairie était parcourue de fils électriques. Il sauta pour les éviter et fendit l'herbe si vite que les brins s'écartèrent à peine.

Sous le granit, il s'aplatit contre le sol et tendit les oreilles vers le haut de la colline. D'après le rythme régulier de leurs voix et de leurs outils, il sut que les soldats n'avaient pas quitté leurs tranchées. La brise venait encore d'en haut : s'ils approchaient, il les sentirait.

Il tira sur un câble et entreprit de le ronger. Mais avant qu'il ne vienne à bout de la gaine, un orage furieux de dents lui tomba dessus. Il heurta violemment la roche et eut le souffle coupé. Roulant sur lui-même pour se remettre debout, il vit Hérissée sauter par-dessus lui jusqu'au sommet du granit.

Perchée là-haut, elle avait l'avantage.

Les corbeaux disent que les humains malades de guerre arrivent. Cette terre qui explose, ces fils qui donnent la mort, laisse-les-leur.

Pax était plus gros que Hérissée, mais il ne pouvait rivaliser avec sa détermination. À chaque fois qu'il essayait de reprendre position près du câble, elle le repoussait en claquant des mâchoires. Il contourna le granit, s'approchant de la corderie plus qu'il ne l'aurait souhaité, pour l'attaquer d'en haut. Mais avant qu'il ne puisse bondir, un mouvement près de la rivière attira son regard.

Hérissée remarqua son inquiétude mais garda les yeux fixés sur lui.

Les humains sont arrivés ?

Pax perçut une joie sauvage sous sa question.

Non. Un autre renard, je crois.

Hérissée refusa de se laisser distraire.

Aucun renard de notre vallée ne s'aventurerait hors des limites de notre territoire.

Pax se dressa sur ses pattes de derrière pour mieux y voir. Il l'aperçut à nouveau : une tache couleur cuivre, avec deux pointes blanches, qui s'élevait et disparaissait, s'élevait et disparaissait, et empruntait exactement le même chemin que lui le long de la rivière, le chemin que Hérissée avait dû prendre pour suivre ses traces.

Au niveau des roseaux, un autre éclat de couleur. Un petit renard plongea dans l'eau. Et Pax le reconnut.

Il glapit un avertissement.

Cette fois, Hérissée se retourna pour regarder. Avorton était en train de sortir de l'eau près du chêne blanc. Immédiatement, Hérissée bondit. Elle avait l'air d'avoir doublé de taille. D'un seul bond, elle dépassa le granit et vola vers le bas.

Non ! Arrière ! Maison ! Va-t'en !

La panique dans sa voix n'eut d'autre effet qu'éperonner Avorton. Il se redressa à nouveau pour voir sa position, puis sautilla joyeusement en direction de sa sœur.

Pax sauta sur le câble pour le ronger, mais c'était trop tard.

Juste au moment où il venait à bout de la gaine, une odeur noire de foudre traversa la terre. Un éclair d'électricité brisa une de ses dents, lui brûla sa lèvre inférieure, la gorge, et grésilla le long de sa colonne vertébrale.

Et puis une parcelle du terrain en bas explosa vers le ciel. Pax fut projeté loin du rocher, et quand il heurta le sol, enchevêtré dans des broussailles déracinées, le monde brisé devint silencieux. Son crâne vrombissait dans le silence, et il regarda, paralysé, la tempête de terre brûlante et de cailloux et de branches et de buissons qui lui pleuvait dessus, avant qu'un voile de sable ne recouvre le tout.

Il se releva en chancelant et fit pénétrer l'air brûlé dans ses poumons meurtris jusqu'à ce qu'il reprenne ses esprits. Puis il se dressa sur ses pattes arrière pour retrouver l'odeur d'Avorton et de Hérissée. Il chercha dans plusieurs directions, mais son nez ne répondait pas : ses nerfs sensibles étaient engourdis par les cendres et la suie. Il jappa pour les appeler, mais il n'entendait aucun son à part le bourdonnement dans ses oreilles.

Pax se fraya un chemin hors du tas de broussailles et s'ébroua pour se débarrasser des débris qui le recouvraient. Des soldats dévalaient la prairie fumante vers la rivière et plongeaient dans l'eau. Quand ils furent tous passés, il les suivit. Chaque mouvement se répercutait douloureusement sur tous ses os.

Quand il fut à l'endroit où il les avait vus pour la dernière fois, il appela à nouveau Avorton et Hérissée. Il n'y eut pas de réponse, mais il entendit ses propres jappements, d'abord très atténués, comme s'ils parvenaient à ses oreilles de très loin. Puis le bruit du vent, puis le craquement des tiges calcinées qu'il piétinait, puis les cris rauques des malades de guerre qui remontaient dans leurs tranchées. Et dans les arbres, une volée de corbeaux qui croassaient leur désolation face à ce monde détruit. Il entendait à nouveau.

Pendant une heure, il arpenta la prairie, en appelant les deux renards. Le soir tombait quand il perçut enfin le glapissement faible par lequel Hérissée lui répondait. Il suivit le bruit jusqu'à la rivière. Le chêne blanc était couché sur la rive, brisé et fumant, ses branches noircies enfoncées dans l'eau.

Pax trouva Hérissée cachée dans la masse terreuse de ses racines. Sa tête était levée et ses yeux animés, même si son museau était taché de sang. La fourrure de sa superbe queue n'était plus qu'une croûte noire. Pax la flaira. Le sang sur ses joues n'était pas le sien.

Elle baissa la tête. Roulé en boule sous elle se trouvait le corps inerte d'Avorton.

Pax enfonça le nez dans la poitrine du renardeau. Elle se soulevait à un rythme entrecoupé, et Pax en fut soulagé.

Mais Hérissée se déplaça légèrement, et il vit. Là où la patte postérieure d'Avorton aurait dû se trouver, là où auraient dû être son jarret au pelage noir et ses doigts blancs, il n'y avait que des lambeaux rouges déchiquetés sur les feuilles imbibées de sang.

20

Peter astiqua le manche du ciseau à bois avec de la paille de fer graissée, résistant au désir de le balancer à travers la grange. La matinée s'était pourtant bien passée. Avec ses béquilles, il avait traversé des prairies et des bois, avait marché sur la boue et les cailloux, avait gravi des collines et descendu des pentes rocheuses, était passé sur des murs de pierre et sous des clôtures. Fort, infatigable, et presque aussi rapide que quand c'étaient ses deux chaussures qui le portaient. À midi, il avait annoncé à Vola qu'il se sentait prêt à partir, et il le pensait vraiment. Mais comme d'habitude, elle l'avait ignoré. Elle lui avait ordonné de se reposer dans la grange et avait pris ses béquilles en otage.

– Pose ton pied en hauteur. Nettoie des outils. Habitue-toi à les prendre en main.

Son regard se posa sur la statuette presque achevée qu'il avait posée sur l'établi devant lui.

Le renard était primitif, mais il semblait presque vivant, et il prit cela comme le signe qu'il trouverait Pax sain et sauf. Même s'il était dangereux d'espérer, il s'autorisa à imaginer la scène. Une fois arrivé à l'endroit où ils l'avaient abandonné, il appellerait Pax, et celui-ci jaillirait du bois et le renverserait probablement dans sa joie. Puis ils rentreraient à la maison ensemble.

– Tu vas user ce manche à force de le fourbir, gamin.

Peter sursauta.

– Je ne vous avais pas entendue venir.

– Il est déconseillé de rêvasser quand on travaille avec des outils.

Vola s'assit sur un tonneau près de lui et prit une râpe et un chiffon couvert d'huile.

– Je pensais à Pax.

Il posa le ciseau reluisant et saisit sa statuette. Comme Vola tendait la main, il la lui passa.

– On dirait qu'il veut sauter de ma paume. Tu t'inquiètes pour lui ?

– Oui. Mais une fois sur deux, je me dis qu'il pourrait s'en tirer. Les renards sont malins, vous savez. Vraiment intelligents. Nous devions fermer à clef la porte de la cuisine, parce que Pax était capable d'ouvrir n'importe quel placard. Un jour, il a coupé avec ses dents le fil électrique d'un ventilateur qu'on venait d'installer dans ma chambre.

Mon père était furieux. Mais quand il a essayé de le réparer, il a découvert qu'il y avait un court-circuit dans le moteur du ventilateur. Il aurait pu provoquer un incendie. Je pense que Pax le savait, et qu'il voulait me protéger. Alors pourquoi ne serait-il pas assez intelligent pour apprendre à chasser ? Vous ne croyez pas qu'il pourrait survivre ?

– Si.

Peter reprit sa figurine et fixa les yeux dessus.

– Il y a autre chose. Je… s'il était mort, je le saurais.

Et il confia à Vola ce qu'il n'avait encore jamais raconté à personne : qu'il se sentait parfois lié à Pax ; qu'il arrivait, non pas qu'il sache, mais qu'il *sente* lui-même ce que sentait son renard. Se rendant compte qu'il avait l'air d'un fou, il retint son souffle. Mais, loin de se moquer, Vola lui dit qu'il avait de la chance.

– Tu as connu le « deux, mais pas deux ».

– C'est une phrase sur votre tableau. « Deux, mais pas deux ». Je ne savais pas ce que ça voulait dire.

– C'est un concept bouddhiste. La non-dualité. Une histoire d'unité, de connexion entre des choses qui semblent séparées. Il n'y a pas de séparation. (Vola reprit le petit renard.) Ceci n'est pas seulement un morceau de bois. C'est aussi les nuages qui ont apporté la pluie qui a arrosé l'arbre, et les oiseaux qui y ont bâti leur nid, et les écureuils qui ont mangé ses fruits. C'est aussi la nourriture que m'ont donnée mes grands-parents et qui m'a rendue assez forte pour couper l'arbre, et c'est l'acier de la hache que j'ai utilisée. Et c'est la connaissance que tu as de ton renard, qui t'a permis de le sculpter hier. Et c'est l'histoire que tu raconteras à tes enfants quand tu leur donneras cette statuette. Toutes ces choses sont séparées, mais sont aussi une seule et même chose, indissociable. Tu comprends ?

– Deux, mais pas deux. Indissociable… Il y a deux jours, j'étais certain que Pax avait mangé. Je l'ai senti. Hier soir, j'ai vu la lune, et j'ai su que Pax la voyait au même moment, lui aussi. Vous pensez que si je sens que Pax est vivant, c'est qu'il l'est ?

– Oui.

Peter fut gagné par l'espoir à ce mot. Vola ne disait jamais ce qu'elle ne pensait pas. « On dit la vérité, ici : c'est la règle. » Elle le lui avait répété une centaine de fois.

Il se rendit compte tout à coup à quel point il était précieux d'avoir quelqu'un sur la sincérité de qui on pouvait compter. Combien de fois l'avait-il souhaité, au cours de sa vie ? Combien de questions auxquelles il aurait voulu une réponse, et qui n'avaient obtenu de la part de son père qu'un sombre silence ?

Vite, avant de se dégonfler, il posa la question qui le hantait.

– Vous croyez… vous croyez que si quelqu'un a un caractère sauvage, il peut changer ? Si c'est dans sa nature ? Dans son sang ?

Vola le dévisagea. Peter savait qu'elle supposait qu'il pensait à Pax, et il ne la détrompa pas. Il reprit le ciseau et baissa les yeux sur lui, en serrant les doigts autour du manche jusqu'à les faire blanchir, pendant qu'il attendait la réponse.

– Tu fais toujours ça, dis-moi ? Demander aux autres de découvrir tes vérités ? Hein ? Ça ne marche pas comme ça, tu sais.

Peter relâcha son souffle. À l'instant même où il avait posé la question, il s'était rendu compte qu'il ne voulait pas entendre la réponse. Peut-être ne serait-il jamais prêt à l'entendre.

Vola tapota la poche de sa salopette et fronça les sourcils :

– Oh, j'ai failli oublier.

Elle en sortit un muffin enveloppé dans une serviette de table et le tendit à Peter. Il en avait déjà mangé quatre au petit déjeuner, mais elle était toujours convaincue qu'il ne se nourrissait pas suffisamment.

Il le déballa. Il était un peu écrasé, mais comme sur les autres, la noix de pécan était parfaitement au centre du glaçage au sucre roux. Vola s'était couchée tard la veille pour les préparer, et il l'avait entendue chanter quelque chose dans une langue qu'il ne connaissait pas. Quelque chose de gai.

– Vola, pourquoi vivez-vous encore ici toute seule ?

– Je te l'ai déjà dit.

– Mais… vingt ans pour découvrir qui vous êtes ? Ça ne peut pas être si difficile que ça.

– Si. La vérité peut être la chose la plus difficile à repérer, quand elle nous concerne. Si on ne veut pas connaître la vérité, on fait n'importe quoi pour la cacher.

Peter reposa le muffin. Elle esquivait sa question.

– Mais vous vous connaissez, maintenant. Alors pourquoi n'allez-vous pas vivre dans un lieu où il y a d'autres gens ? Dites-moi la vérité. C'est la règle, ici, non ?

Elle regarda pendant une minute par la fenêtre de la grange. Ses épaules s'affaissèrent, et quand elle se retourna vers lui, elle avait l'air fatiguée.

– Tu as raison, Peter-sans-batte. Peut-être que c'est justement parce que je me connais. Peut-être que ce que je sais, c'est qu'il vaut mieux que je ne côtoie personne d'autre. Peut-être que je suis une grenade.

– Une grenade ? Comment ça ?

– Comment appellerais-tu quelqu'un qui peut passer d'une fille qui mange des pêches et regarde des vers luisants à une femme qui tue un homme ? Cette fille se serait fait couper le bras plutôt que faire mal à un seul de ces insectes, mais quelques années plus tard, elle a assassiné un parfait inconnu. Moi, j'appelle cette personne une arme. Je suis une arme mortelle et imprévisible. Il vaut mieux que je reste cachée ici, où je ne risque de faire de mal à personne, même sans le faire exprès.

Elle leva les doigts et les écarta à nouveau devant lui, « boum ! », mais cette fois, son geste était empreint de tristesse, pas de menace.

– Mais vous ne me faites pas de mal, à moi, objecta Peter.

– Comment sais-tu que ça ne va pas arriver ?

– Je le sais. Du fond de l'âme, insista-t-il en se frappant la poitrine.

Vola abattit ses paumes sur l'établi et le poussa pour se relever.

– Range les outils dans le bon ordre, grommela-t-elle par-dessus son épaule en ressortant.

Peter la regarda s'éloigner par la fenêtre. Il eut l'impression qu'elle marchait différemment. Comme si sa jambe de bois était devenue plus lourde.

L'un après l'autre, Peter glissa les outils propres dans leurs fourreaux respectifs et enroula l'étui. Il sentait sa vieille angoisse lovée à la base de son crâne. Cela faisait plus d'une semaine qu'il était coincé ici. Il serait déjà parti s'il n'y avait pas eu la troisième condition. Il avait promis, et il devait cette faveur à Vola, mais quand, au petit déjeuner, il lui avait reparlé de construire le théâtre, elle avait haussé les épaules. « Je m'y mettrai quand je pourrai. »

C'est alors que la solution lui apparut, si ridiculement simple qu'il rit à voix haute.

Sans ses béquilles, il était de nouveau maladroit et lent, mais il réussit à sautiller dehors jusqu'à l'endroit où Vola gardait une pile de bois. Il choisit douze troncs de jeunes arbres, longs et épais comme son bras. L'un après l'autre, il les jeta vers la porte de la grange, les suivit, et les tira à l'intérieur. Il scia leurs branches sur le chevalet, puis se mit au travail.

Deux heures plus tard, il avait un théâtre. Rien d'extraordinaire : ses coins étaient grossiers et attachés avec de la ficelle, la structure des murs et du sol était formée de planches clouées, mais quand il tendit une toile de jute dessus, il sourit.

– Fastoche, dit-il à François qui entrait paresseusement et s'était arrêté pour renifler la construction avec une admiration évidente. Fastoche !

– J'ai fabriqué un théâtre. Il est dans la grange.

Vola leva les yeux de la poule qu'elle était en train de plumer. Elle remarqua la branche sur laquelle s'appuyait Peter et fit un geste du menton en direction de ses béquilles, posées contre le plan de travail de la cuisine.

Peter s'en empara, les glissa sous ses bras, et sentit le réconfort immédiat qu'elles lui offraient.

– Je peux faire le spectacle de marionnettes tout de suite. Venez dans la grange.

– J'ai du travail. Mais d'accord. Ce soir.

– Et ensuite, je pourrai partir, Vola. Je suis prêt.

Vola posa la poule sur la table et soupira.

– Tu n'es pas prêt. Tu dors à l'intérieur, au chaud et au sec. Tu as de l'eau fraîche, et quelqu'un te prépare à manger. Mais d'accord, demain, on fera le test. Quinze kilomètres. Tu fais sept ou huit kilomètres dans un sens, tu me montres comment tu montes un camp avec une seule jambe, tu reviens... et ensuite, on en reparlera.

Peter la regarda ramasser les plumes de la poule et les ranger dans un sac. Et soudain, il fut frappé par l'idée que rien ne changerait après son départ. Vola continuerait à collectionner les plumes, à fabriquer de plus en plus de marionnettes toute seule dans la forêt, et à raconter l'histoire de ce soldat devant personne.

21

Pax surveilla Avorton toute la nuit et le jour suivant depuis un buisson proche de là. Il ne le quitta que pour calmer la brûlure à sa lèvre dans la boue froide de la rivière et se nourrir d'un petit poisson qu'il avait trouvé sur la berge. Son odorat était revenu, et à chaque fois qu'il se réveillait d'une somnolence agitée, il cherchait l'odeur de Hérissée et d'Avorton pour vérifier qu'ils étaient encore en vie.

Hérissée avait tiré des branchages jusqu'à l'arbre abattu pour cacher son frère et s'était enroulée autour de lui pour lui tenir chaud. Elle ne le quittait que brièvement ; à chaque fois, Pax prenait en silence la relève à côté du corps inanimé d'Avorton. Il y était quand Avorton se réveilla enfin en gémissant.

Pax caressa l'épaule d'Avorton du museau pour le réconforter. Avorton leva la tête. Ses yeux étaient embués de douleur et de peur. Il cria, et Hérissée, qui chassait non loin de là, revint aussitôt.

Pax recula respectueusement, mais Hérissée s'installa sans s'émouvoir à côté de son frère, la joue contre la sienne. Pax se pencha sur la blessure d'Avorton et la lécha tout en surveillant la réaction de Hérissée. Elle ne le quitta pas des yeux, mais n'émit aucune objection.

Du coup, Pax entreprit de nettoyer consciencieusement la plaie. Avorton le regarda avec confiance et ne protesta pas. Quand Pax eut terminé, il lava le museau et les oreilles du renardeau. Et Hérissée le laissa faire.

Lorsqu'Avorton se rendormit, Pax resta avec les deux autres. Ensemble, Hérissée et lui observèrent l'activité du camp.

Les humains n'étaient pas revenus dans la partie détruite de la prairie, mais les odeurs restaient dangereuses. Quand le vent venait de l'ouest, apportant les effluves de la terre brûlée, les hommes semblaient tendus. D'autres arrivèrent au camp, avec d'autres machines. En entendant le grondement soudain d'un moteur, Hérissée sursauta. Elle reposa sa tête au-dessus de celle de son frère.

Je vais devoir le déplacer rapidement.

Les humains n'ont pas d'odorat. Si nous sommes hors de vue, nous sommes en sécurité.

Le regard de Hérissée alla du camp à Pax.

Tant qu'un seul humain est dans les parages, nous ne sommes pas en sécurité.

Hérissée semblait diminuée, comme s'il lui manquait une partie vitale d'elle-même. Il savait que d'une certaine façon, c'étaient les humains qui la lui avaient prise.

Mon garçon ne fait de mal à personne. Il n'est pas comme eux. Il n'est pas malade de guerre.

Les malades de guerre sont adultes. Il est encore jeune.

Non. Il y a une autre différence.

Pax en était certain, mais il avait du mal à s'expliquer. Au cours de l'année écoulée, Peter était devenu bien plus grand, plus fort, et sa voix plus grave. Même son odeur avait changé. Ce n'était plus l'odeur d'un enfant.

Il n'est plus jeune. Mais il n'est pas malade de guerre. Le dernier jour où je l'ai vu, il a pris soin de moi, même s'il souffrait. Ses yeux versaient de l'eau.

Ses yeux étaient blessés ?

Pax médita un moment sur le mystère des larmes.

Non. Quand il a mal n'importe où, ses yeux versent de l'eau. Elle coule sur son visage. Je crois que l'eau qui coule soulage la douleur. Mais sa respiration... il a du mal à respirer, comme si l'eau de douleur le noyait.

La renarde se pencha pour nettoyer du sang séché sur l'arrière-train de son frère endormi. Au bout d'un moment, elle releva les yeux sur Pax, et dans son regard, Pax revit les choses terribles que les humains avaient fait subir à sa famille.

Et soudain, Pax comprit quelque chose. Peter avait jeté le petit soldat dans la forêt, le dernier jour. L'eau de douleur coulait de ses yeux, mais il avait jeté le jouet. Et il ne l'avait pas suivi.

Mon garçon n'est pas malade de guerre. Mais il a changé. Il a commencé à faire semblant.

22

Peter alluma les quatre grosses lanternes accrochées aux chevrons de la grange. Les outils, la meule à aiguiser, le mur plein de marionnettes brillaient avec chaleur et gaieté dans les cônes de lumière ambrée. Même le foin étincelait comme l'or de Grigrigredinmenufretin. La grange semblait renaître, tout en restant familière. Il la connaissait désormais comme sa propre maison.

Sa maison. Dès qu'il aurait réalisé le spectacle devant Vola, dans à peine plus d'une heure, il serait enfin libre de repartir.

Il alluma les deux petites lanternes devant le théâtre et décrocha Sindbad du mur.

– Le spectacle va commencer !

Les yeux noirs et vides de la marionnette le regardèrent. Peter vérifia les joints, et repensa à sa stupéfaction quand Vola avait démonté la marionnette juste pour qu'il puisse apprendre ses secrets.

Soudain, la fiche secrète de Vola lui revint en mémoire : « J'aurais été une bonne enseignante. »

Elle avait raison. Il se rappela la manière dont elle lui suggérait des exercices de gymnastique simplement, sans en faire tout un plat. La manière dont elle l'avait regardé tailler le bois en le laissant découvrir tout seul. La manière dont elle l'interrogeait sans cesse, et ne répondait pas à sa place.

En revanche, elle avait tort de se croire trop dangereuse pour côtoyer d'autres personnes. Tous ceux qui la connaissaient auraient pu le lui dire.

Le problème, c'était que personne ne la connaissait.

Sauf lui, peut-être.

Il raccrocha la marionnette au mur.

– Sindbad, je crois que je vais te donner congé pour la soirée.

Il sortit de la grange et chercha dans le tas de bois une branche épaisse comme son poignet. De retour à l'intérieur, il coupa les bouts et la cloua sur une base. Au sommet, il attacha le nid du Rokh, fait d'un saladier en métal, puis fixa le tout à la scène. Ensuite, il décrocha la marionnette de la sorcière de son perchoir et dévissa sa jambe gauche.

– Tu es prêt ? lui demanda Vola.

Peter grimpa sur les bottes de foin qu'il avait entassées derrière le théâtre et saisit la croix d'attelle de la sorcière, surpris de constater que ses mains ne tremblaient pas. Pourtant, ce dont il avait été si convaincu une heure plus tôt lui paraissait tout à coup une très mauvaise idée.

Vola était entrée dans la grange vêtue d'une longue jupe violette à la place de sa salopette. Elle s'était coiffé les cheveux, ce que Peter ne lui avait jamais vu faire. Elle s'était extasiée devant le théâtre qu'il avait fabriqué, et ce n'était pas juste pour lui faire plaisir. « Tu as l'étoffe d'un vrai menuisier, avait-elle dit. Si je cherchais un apprenti, je t'offrirais le poste. »

Que penserait-elle de lui dans quelques minutes ? Mais c'était trop tard pour reculer.

– Je suis prêt, mentit-il.

Vola abaissa la lumière des quatre grosses lanternes, et Peter l'entendit tirer un tabouret au milieu de la pièce. Il commença :

– C'est l'histoire d'une fille.

Il entendit l'exclamation étouffée de Vola. Puis il n'entendit plus un seul bruit. Ni quand il tira le rideau et fit monter la sorcière sur les planches. Ni quand les grains de maïs qu'il avait parsemés sur son ventre en guise de pêches se répandirent autour d'elle. Ni quand il l'enveloppa dans son tee-shirt de camouflage, cacha ses cheveux dans un bonnet fait d'un bol en argile et glissa un bâton dans sa main comme un fusil.

Ni quand il lui fit tirer avec le fusil, ni quand il lui dévissa la jambe, ni quand il la fit grimper dans le nid.

Peter s'était attendu à des protestations quand il mit le feu au nid, mais Vola n'émettait toujours pas un seul bruit. Comme pendant les répétitions, il n'y eut qu'une rapide flambée, car la poignée de copeaux dans le saladier brûla vite. Cela lui donna juste le temps d'ôter l'uniforme de la marionnette.

Il la fit émerger du nid et redescendre sur la scène, où il avait installé la marionnette de l'enfant à côté du renard qu'il avait sculpté. Il la fit se baisser vers l'enfant, puis se retourner et caresser le renard. Enfin, il referma le rideau.

Peter raccrocha les marionnettes. Il attendit, mais le silence régnait toujours. Il se dressa sur la pointe des pieds pour jeter un coup d'œil pardessus le théâtre.

Vola regardait droit devant elle, sans le voir, le visage aussi rigide que si elle avait été en bois. Les larmes qui coulaient sur ses joues brillaient dans la lumière dansante des lanternes. Étrangement, elles lui donnaient l'air noble.

– Je suis désolé. C'est juste que… vous n'êtes pas une grenade. Vous êtes gentille. Vous m'avez accueilli, vous m'avez entraîné pour que je puisse retrouver Pax…

– Laisse-moi seule.

Sa voix était basse, et tendue comme une corde.

– Attendez. Je pense que c'est stupide de gâcher votre vie ici pour vous punir. Après tout, peut-être que cet homme s'en fichait complètement de ce livre. Peut-être qu'il l'avait gagné la veille au poker. Peut-être que tout ce qui l'intéressait, c'était… je ne sais pas, moi… (Peter prit son courage à deux mains)… devenir enseignant, par exemple.

En entendant le mot « enseignant », Vola lui fit brusquement face, mais il ne détourna pas les yeux.

– Oui, peut-être qu'il aurait voulu devenir prof. Donc peut-être que c'est ça que vous devriez faire pour lui. Mais comme vous ne le saurez jamais, je pense que vous devriez partir d'ici et vivre *votre* vie. Tout ce que je veux dire, c'est que malgré toutes les horreurs qui vous ont abîmée, vous pourriez repartir à zéro, comme le phénix, et…

– Je sais ce que tu veux dire. Tu n'as pas tort, mais maintenant, sors d'ici. Laisse-moi seule.

Peter voulut insister, mais sa voix s'éteignit quand il la vit assise si droite, la tête haute, les larmes ruisselant jusqu'à son cou. Il couvrit les marionnettes, descendit des bottes de foin et ramassa ses béquilles. Le silence de la grange était immense.

– D'accord, dit-il, juste pour le briser. D'accord.

Marcher jusqu'à la cabane dans le noir lui parut prendre une éternité. À l'intérieur, une assiette couverte était posée sur le plan de travail. Il s'appuya à l'encadrement de la porte, terrassé par la culpabilité. C'était Vola qui la lui avait préparée avec ce qui restait du dîner. « Tu vas me faire le plaisir de nettoyer ce poulet, ce soir, c'est compris ? » Elle avait tué une poule, ce qu'elle ne faisait pas souvent, parce qu'elle voulait qu'il consomme plus de protéines.

Peter s'avança et prit une boîte d'allumettes à côté du poêle. Il ne savait pas combien de temps Vola allait passer là-bas, mais quand elle reviendrait, elle ne trouverait pas la maison froide et sombre. C'était le minimum qu'il puisse faire pour elle. Il alluma toutes les lampes et prépara un feu comme il avait vu Vola le faire tous les soirs.

Assis devant la cheminée, tout en regardant le feu prendre et grandir, il se repassa tout ce qu'il avait dit. Tout était vrai. Enfin, l'idée que le soldat voulait peut-être devenir prof était sans doute tirée par les cheveux, mais après tout, ce n'était pas impossible. Non, il n'avait rien dit qu'il n'ait voulu dire. Il n'avait aucun regret.

Le vent souffla dans la cheminée, menaçant le feu encore fragile. Peter tendit la main pour prendre une autre page de journal. Au moment où il la roulait en boule, un gros titre attira son regard. L'ARMÉE PRÊTE À ATTAQUER. ZONE ÉVACUÉE.

Il lissa la page et lut l'article. Ensuite, il étudia la carte, n'en croyant pas ses yeux.

Et puis il saisit ses béquilles et se précipita vers la véranda si vite que François jaillit de son nid et détala dans la nuit. Il enfonça ses vêtements dans son sac à dos et regarda autour de lui. Ses seules possessions étaient le bracelet au phénix, la photo de sa mère et son gant de base-ball avec sa balle. Il posa le bracelet sur le hamac où Vola le trouverait forcément, laissa tomber le reste dans le sac, et retourna dans la cuisine.

Vola était justement en train d'entrer. Elle accrocha son chapeau à une patère et regarda le feu, puis lui. Et son sac à dos.

Il lui tendit la feuille de journal.

Vola lut rapidement l'article, puis lui demanda une explication du regard. Il désigna la carte.

– Cette zone, qu'ils ont fermée ? dit-il d'une voix étranglée. C'est à moins de dix kilomètres de l'endroit où j'ai laissé Pax !

– Tu en es sûr ? C'est une grande zone…

– J'en suis certain ! Vous voyez ce coin vide ? C'est une ancienne fabrique de cordes. Il y a de grands murs de pierre qui dominent la rivière au seul endroit où on peut la traverser – partout ailleurs, c'est un canyon. C'est là qu'ils vont se battre pour l'eau. J'allais parfois avec mes amis jouer à la guerre près de la corderie. On trouvait que c'était l'endroit rêvé pour une embuscade. On jouait à la *guerre* ! J'ai laissé Pax sur la route qui y menait, en croyant qu'il serait en…

Le mot « sécurité » demeura coincé dans sa gorge. Il se redressa et avança jusqu'aux patères pour prendre son pull. Vola le rappela :

– Stop. Ils se préparent à livrer bataille, là-bas. Ne fais pas de folie.

– Ce n'est pas une folie. C'est ce que je dois faire. Je le sais, maintenant. Vous vous rappelez l'histoire du fromage ? Quand vous m'avez demandé lequel j'aimais, et que je ne savais pas ? Mon père aime le cheddar, donc on mange toujours du cheddar, à la maison. Peut-être que je préférais autre chose, avant. J'étais comme vous – j'avais ce trouble de l'oubli-de-qui-on-est. Quand j'ai abandonné Pax, je ne me rappelais pas ce qui était bien et ce qui était mal. Mais maintenant, je le sais. Maintenant, il faut que j'aille là-bas. Je le *sais*.

– D'accord. C'est peut-être vrai. Mais tu n'as toujours qu'une seule jambe, gamin. Tu ne vas pas y arriver. Regarde comme c'est loin. Écoute…

Vola s'assit avec la carte.

– Non ! J'ai déjà perdu assez de temps. Je ne veux plus rien écouter !

– Attends. (Vola souleva la feuille de journal.) Reviens ici. Laisse-moi te montrer quelque chose.

Il fronça les sourcils, mais revint sur ses pas.

– Tu te rappelles Robert Johnson ? Mon ami le chauffeur de car, dont je t'ai parlé, celui qui a posté tes lettres ? Tu vois cet endroit, là ?

Elle tapota dans le coin en haut à gauche de la carte illustrant l'article.

– Cette ville, c'est le terminus de son trajet. Il passe ici à onze heures dix chaque mardi et samedi, et c'est là-bas qu'il arrive à la fin de la journée. Et si je te faisais monter dans ce car, demain ? Ça t'économiserait presque trois cents kilomètres. Tu n'en aurais plus qu'une soixantaine à parcourir tout seul. Tu m'écoutes, maintenant ?

Peter lâcha ses béquilles et se laissa tomber sur une chaise, les jambes coupées par le soulagement.

– Vous feriez ça ? Soixante kilomètres – ce n'est rien du tout !

– Non. Soixante kilomètres à travers les bois et les collines sur des béquilles, ce n'est pas rien. Au moins trois jours, je pense, et ça va quasiment te tuer. Mais je crois que tu peux y arriver. Alors, tu passes la nuit ici ? Marché conclu ?

Peter lui serra la main et la regarda en face.

– Marché conclu.

Cependant, en voyant son visage toujours rayé de larmes à cause de ce qui était arrivé dans la grange, il comprit qu'il ne pouvait pas laisser la situation telle qu'elle était. Et il n'avait plus beaucoup de temps pour arranger les choses.

– Marché conclu, répéta-t-il. À trois conditions.

23

La lune brillait à travers les arbres, aussi ronde et jaune crème que les œufs que Pax avait mangés une semaine plus tôt. Les crampes d'estomac le tenaillaient tandis qu'il marchait sur la berge.

Depuis une semaine et demie que ses humains l'avaient laissé, il n'avait mangé que trois fois un repas suffisamment important pour lui remplir le ventre, et il avait vomi le dernier – un tas de poissons en train de pourrir sur la rive – quelques minutes après l'avoir avalé. Il était allé chercher le jambon dans les caches et avait regardé avec fierté Hérissée et Avorton manger la viande, mais il n'y avait pas touché. Et ses tentatives de chasser ne donnaient toujours aucun résultat. Toutes ses réserves de graisse avaient fondu. Sa fourrure pendouillait autour de son squelette, et il brûlait ses muscles.

Pax tendit le nez vers le camp des humains,

dont les riches odeurs de nourriture le torturaient, comme d'habitude. Au cours des deux derniers jours, d'autres malades de guerre étaient arrivés, et des centaines d'entre eux se regroupaient au sud, plus bas. Le sol vibrait de menaces. Mais Pax avait faim.

Il se tourna vers l'endroit où Hérissée veillait sur Avorton endormi et lui annonça qu'il allait s'éloigner.

Bien qu'il puisse voir le camp juste au-dessus de lui, il choisit son trajet habituel – remonter le canyon, suivre la crête – parce que les gardes postés derrière le mur étaient tournés vers la rivière.

Il sauta sur les rochers de l'eau sans laisser de trace. Loin du silence de la prairie dévastée, ses oreilles se tendaient vers les bruits de la nuit. Il les connaissait, à présent. Ils le rassuraient. Le

grincement aigu des chauves-souris, le dandinement insouciant d'une moufette, les allées et venues souterraines des campagnols, l'appel distant des hiboux… tous ces sons lui disaient qu'il ne chassait pas seul.

Pax lui-même ne faisait aucun bruit. Il avait appris les secrets de la furtivité avec Gris et Hérissée. Telle une ombre, il parcourut la crête, descendit la colline et pénétra dans la tente aux provisions.

Aucune viande accrochée à sa portée, ce soir, mais de gros tas de légumes et de pain sur les tables. Il fit tomber une meule de fromage par terre. Le goût était fort et étrange, mais il dévora jusqu'à ce que son estomac soit distendu. Au moment où il s'apprêtait à ressortir en emportant un morceau pour Hérissée, une odeur familière l'arrêta net. Du beurre de cacahuète.

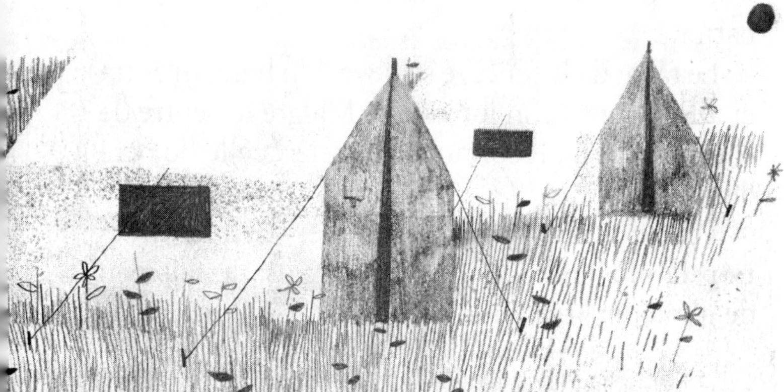

Elle provenait d'un gros récipient en métal. Pax lâcha le fromage. Il flaira le bord du récipient. Comme la poubelle dans la maison de son garçon, il contenait une grande variété de restes. Mais parmi ces odeurs mélangées se distinguait celle qui l'attirait par-dessus tout. Ses moustaches frémirent de plaisir. Il repoussa le couvercle de quelques centimètres.

Le bocal transparent était posé au-dessus du tas, les bords encore couverts d'une épaisse couche de substance crémeuse.

Pax glissa son museau sous le couvercle de la poubelle et mordit soigneusement le bord supérieur du bocal. Il savait par expérience que c'était ainsi qu'il fallait l'attraper pour ne pas avoir le nez couvert. Puis il recula.

Et le couvercle métallique tomba avec fracas sur le sol en pierre, résonnant comme une alarme dans la nuit silencieuse.

Pax plongea sous la table et se figea, le cœur battant.

Le rabat de la tente se souleva. Un humain entra et alluma un rayon lumineux. Malgré le beurre de cacahuète, Pax reconnut son odeur : celle du père de son garçon.

Pax leva une patte, prêt à filer dans la direction la plus indiquée. L'homme passa le faisceau de lumière partout dans la tente.

Quand Pax eut la lumière dans les yeux, il tressaillit, mais ne bougea pas. Ses pupilles s'ajustèrent, et il vit l'homme s'accroupir pour le regarder. Pax demeura immobile, la patte toujours levée, le bocal toujours serré dans ses mâchoires, observant le visage de l'homme qui l'observait.

L'homme grogna en se frottant la mâchoire. Puis il émit un rire rauque. Pax baissa sa patte d'un centimètre, les yeux toujours rivés sur ceux de l'homme, pour voir ce qu'il ferait. Le père de son garçon rit à nouveau, puis se remit debout et souleva le rabat de la tente. Il fit un geste avec sa botte à travers l'ouverture.

Pax connaissait ce signal. L'homme l'avait souvent utilisé devant la porte de la maison des humains ou la porte de son enclos. Cela signifiait *Vas-y. Passe tout de suite et je ne te ferai aucun mal.* On pouvait se fier à ce pacte. Pax fila devant l'homme et s'enfonça dans la nuit rassurante.

Il ne ralentit pas avant d'avoir atteint le haut de la colline. Il enterra le bocal, puis s'accroupit pour surveiller les mouvements du camp dans les premières lueurs de l'aube. Bien que certain qu'aucun humain ne l'avait suivi, il se dirigea vers l'est et fit un détour d'une demi-heure avant de retourner en arrière vers la rivière.

Avorton était réveillé quand Pax arriva, et pour la première fois depuis l'explosion, il essayait de se lever. Hérissée voulait le convaincre de se recoucher. Mais Pax vit que ses lèvres étaient gercées, ses yeux enfoncés dans leurs orbites.

Il a besoin d'eau.

Hérissée regarda la rivière. À peine une dizaine de bonds pour un renard en bonne santé. Serait-ce seulement possible pour Avorton ?

Le petit renard tendit ses pattes avant. Il contracta son arrière-train pour se lever, puis se retourna avec surprise. La patte qui lui appartenait depuis toujours, qui faisait autant partie de lui que son odeur, n'était plus là. Il se pencha et renifla la blessure. Ensuite, il regarda Pax et Hérissée, comme pour avoir une explication.

Il essaya de nouveau de se redresser. Il se hissa sur la seule patte postérieure qui lui restait… et roula sur le côté avec un cri de douleur.

Pax s'avança pour se coller contre lui, du côté blessé.

Une fois de plus, Avorton tendit ses pattes avant, puis redressa sa seule patte arrière. Une fois de plus, il perdit l'équilibre. Mais cette fois, il ne tomba qu'à moitié, soutenu par le flanc solide de son ami, et il ne cria pas. Il vacilla, à la recherche d'une nouvelle stabilité.

Quand il l'eut trouvée, Pax fit un pas vers l'eau, un seul, et attendit.

Avorton en fit autant. D'abord, les deux pattes

de devant. Puis un petit saut traînant avec sa seule patte de derrière. Et une demi-chute contre Pax.

À nouveau, Pax fit un pas. À nouveau, le renardeau l'imita. Et encore. Et encore, jusqu'à ce qu'il ne chancelle plus.

Hérissée les précéda au bord de la rivière. Pas après pas, Avorton la rejoignit, jusqu'à ce qu'il s'effondre sur la rive et tende le cou pour laper l'eau fraîche.

Quand il eut étanché sa soif, il laissa retomber sa tête, et ses yeux se refermèrent. Mais Hérissée lui donna un petit coup de dents. Il allait bientôt faire jour. Il serait alors en pleine vue. Elle trotta un peu plus loin, jusqu'à une touffe de roseaux à massettes.

Avorton boitilla derrière elle. Il était encore maladroit, tremblant, et lent, mais il ne tomba pas une seule fois. Pax le suivait de près. Alors qu'ils atteignaient les massettes, Pax sursauta en entendant des craquements dans un buisson un peu plus bas. Hérissée se retourna aussitôt, les oreilles tendues vers le même endroit, de l'autre côté du cours d'eau. Quelque chose de lourd était en train d'arriver.

Avorton, lui, baissa la tête pour flairer un escargot.

Pax et Hérissée reculèrent jusqu'aux roseaux. Hérissée appela son frère. Avorton ne tourna pas la tête.

Un cerf jaillit alors de la végétation, secoua sa ramure, et traversa la rivière en éclaboussant autour de lui.

Hérissée jappa à nouveau pour faire venir son frère, et il l'ignora à nouveau.

Le cerf grimpa sur l'autre rive et se dirigea vers des herbes hautes dans un coin de la prairie qui n'avait pas brûlé. Lorsqu'il arriva, il leva un sabot. À l'instant même où il le reposa, la terre explosa et les herbes hautes s'envolèrent. Le cerf fut projeté en l'air, et son dos s'arqua et se brisa.

Avorton hurla de terreur quand il sentit le sol trembler. Hérissée et Pax le conduisirent dans l'ombre fraîche des roseaux et le rassurèrent jusqu'à ce qu'il se rende compte qu'il n'était pas touché.

Les renards regardèrent les soldats dévaler la colline, faire passer leurs faisceaux de lumière sur le tas dans la prairie, puis remonter. Tandis qu'un soleil rose se levait au-dessus des sapins, de larges pans d'herbe s'enflammèrent et crépitèrent. Des souris des champs se précipitaient vers la sécurité de la rive. Désorientées et trébuchantes, elles auraient pu constituer un repas facile, mais Hérissée les laissa passer, comme si elle obéissait à un code implicite qui protégeait les créatures les plus terrifiées.

Elle se leva et regarda la prairie fumante.

Nous devons partir. Tout de suite.

Pax savait qu'elle avait raison. Il la suivit hors des roseaux. Hérissée appela Avorton, qui était en train d'observer un campagnol égaré. Il ne tourna même pas les oreilles dans la direction de sa sœur.

Et Pax comprit.

Il n'entend plus.

24

Lorsque Peter entra dans la cuisine, il trouva Vola déjà en train de boire du café. Elle ne devait pas avoir dormi beaucoup plus que lui : il l'avait entendue partir vers la grange au milieu de la nuit, et elle n'était revenue que peu avant l'aube. Elle leva sa tasse :

– Tu veux petit-déjeuner avant de partir ?

Il fit signe que non. Vola hocha la tête et lui prit son sac à dos des mains. Elle y rangea un sac en papier.

– Commence par les sandwichs au jambon : ils ne se garderont pas. Il y a un pot de baume : mets-en deux fois par jour. J'ai rempli ta gourde, mais il faudra que tu cherches des ruisseaux. Surtout, fais attention à ne pas mouiller le plâtre. Vraiment. S'il pleut, scotche un sac-poubelle autour.

Elle posa le sac par terre. C'est alors que Peter remarqua qu'elle portait deux chaussures.

– Eh, vous l'avez remise !

Elle souleva le bas de sa salopette.

– Condition numéro un.

– Waouh ! réussit à s'exclamer Peter au bout d'une minute. *Dyableman.* Où est l'ancienne ?

Vola désigna le fauteuil de la tête.

– Je ne sais pas quoi en faire. La donner à l'épouvantail, peut-être ?

– Non, pas à l'épouvantail, dit Peter, soudain sûr de lui.

Il désigna la cheminée.

– Le phénix, vous vous rappelez ? Toutes ses affaires brûlent avec lui dans le nid.

Vola soupira, mais elle le suivit. Peter remua les braises et ajouta des brindilles. Vola apporta la jambe de bois. Celle-ci semblait avoir rapetissé. Les lacets en cuir rappelèrent à Peter ceux qui attachaient les mains et les pieds des marionnettes.

– Ça va ? demanda-t-il.

– Ça va.

Vola posa la jambe de bois sur le feu, et tous deux la regardèrent s'enflammer.

Elle fut la première à s'éloigner.

Peter remarqua combien sa démarche était plus naturelle avec la jambe artificielle. On aurait pu ne pas remarquer son infirmité. Il replaça le pare-feu devant la cheminée. Tout à l'heure, quand elle rentrerait à la maison, il ne resterait plus qu'un tas de cendres.

– Vous êtes aussi d'accord avec les deux autres conditions ? lui demanda-t-il en la suivant jusqu'à la cuisine.

– On verra ça à la bibliothèque. Mais j'ai déjà rempli le tracteur.

– Le tracteur ?

– Comment comptes-tu transporter vingt marionnettes jusqu'à la ville ?

– On va aller à la bibliothèque en tracteur ?

– On va aller à la bibliothèque en tracteur. À moins que tu ne possèdes un tapis volant dont tu as oublié de me parler. Et si on veut attraper ce car, il va falloir qu'on parte bientôt, donc… tu es prêt ?

– Oui. J'ai tout ce qu'il me faut.

– Non, pas tout, non.

Elle tendit le bras derrière la porte et attrapa un objet.

La surprise de Peter fut telle qu'il ne trouva rien à dire.

– Tu sais ce que c'est, non ?

La batte de base-ball était parfaitement lisse, si solide et équilibrée que le monde sembla ralentir quand il la prit en main.

– C'est vous qui l'avez faite ? Mais je n'ai pas besoin…

– Je pense que si. Peut-être que tu trouveras pourquoi quand tu arriveras à destination.

Peter avait envie de lui rendre la batte. Mais Vola avait passé une partie de la nuit debout pour la fabriquer, et elle avait l'air si fière. Peut-être était-il prêt à en avoir une autre. Il chercha une stabilité sur les béquilles et la souleva lentement comme pour frapper avec.

Et son pire souvenir remonta à la surface.

Un garçon de sept ans en colère. Une rage qu'il était incapable de dominer, à la fois effrayante et grisante. Le coup donné à la boule en verre bleu qui décorait le jardin de sa mère, sa chute de son perchoir, les milliers de tessons. Les larmes de sa mère. « Il faut que tu te corriges de ce mauvais caractère. Ne deviens pas comme lui. » Ses doigts tachés de sang lorsqu'elle avait ramassé les tessons bleus éparpillés au milieu des roses blanches. Sa honte, à lui, quand il l'avait regardée partir en voiture.

Il rangea la batte dans son sac, où elle se glissa comme si elle y avait toujours eu sa place. Dangereuse. Il souleva son sac à dos. Dessous se trouvait l'article de journal. Il le prit. Et son regard tomba sur la date.

Il se laissa tomber sur la chaise comme s'il avait reçu un coup de poing dans le ventre.

– Qu'est-ce qui t'arrive ?

– Il le savait, dit Peter en jetant la feuille à travers la table. Il le savait. Cet article est paru il y a douze jours. Donc, mon père le savait quand nous avons laissé Pax. (Il avait du mal à respirer, comme si ses poumons étaient transpercés de couteaux.) Quand je lui ai demandé de laisser Pax sur la route de la vieille fabrique de cordes parce qu'il y serait en sécurité, il *savait*.

Les mains de Peter le brûlaient. Il les regarda. Ses poings étaient crispés. Il les obligea à se détendre.

– Comment a-t-il pu faire une chose pareille ?

Vola s'approcha.

– Je suis désolée. C'est une très mauvaise nouvelle.

Ses mâchoires se serrèrent violemment (pouvait-on se casser les dents, ainsi ?). Il se força à les rouvrir.

– Mais comment peut-on faire une chose pareille ?

– Je sais que tu es en colère…

Les poings de Peter s'étaient de nouveau crispés, et ses ongles s'enfonçaient douloureusement dans ses paumes. Il les coinça entre ses genoux.

– Non. Je vous l'ai déjà dit. Je ne me mets pas en colère. Je ne suis pas comme lui. Je refuse d'être comme lui.

Vola s'assit en face de lui.

– Oh. Je vois. Je comprends, maintenant. Mais je ne crois pas que ça puisse marcher. Tu es humain, et les humains ressentent de la colère.

– Pas moi. Trop dangereux.

Vola leva la tête et lâcha son étrange rire aboyant.

– Laisse-moi te dire que tous les sentiments sont dangereux. L'amour, l'espoir… Ha ! L'espoir ! Tu parlais d'un sentiment dangereux ? Non, on ne peut pas les éviter, aucun d'entre eux. Nous possédons tous en nous un monstre qui s'appelle la colère. Il peut se révéler utile : notre colère contre l'injustice peut donner de très bons résultats. Bien des maux sont réparés ainsi. Mais d'abord, nous devons tous découvrir comment civiliser le monstre.

Peter s'emporta violemment.

– Pour une fois, juste une fois, est-ce que vous pourriez ne pas me dire qu'il faut que je découvre quelque chose tout seul ? Ça vous tuerait de m'aider, pour une fois ? Allez, je suis sur le point de m'en aller. Vous avez toutes ces… (il agita la main en direction des fiches)… cette sagesse, là. Ça vous tuerait de me donner un conseil avant mon départ ?

– Tu veux que je te donne une de mes cartes de bingo philosophiques pour ton voyage ? Quelque chose comme « Quand tu sens du miel dans la forêt, fuis, car l'ours n'est pas loin » ?

– C'est ça. Un truc du genre. Mais en vrai.

– Eh bien, en vrai, je n'ai aucune vérité magique pour te guider. C'est ton voyage, pas le mien. Mais maintenant que tu m'y fais penser, j'ai effectivement une fiche pour toi.

Elle en détacha une du mur et la lui tendit.

– Mais il n'y a rien d'écrit dessus !

– Pour l'instant, non. Mais après un voyage comme celui-là… tu trouveras quelque chose à écrire dessus. Ta propre vérité, que tu découvriras tout seul.

En entendant cela, Peter se sentit soudain épuisé, comme s'il avait été tendu pendant des années. Cela faisait si longtemps qu'il devait tout faire tout seul.

Vola le dévisagea.

– L'unité est partout sur la Terre, gamin. Deux, mais pas deux. Elle est toujours là, à relier les racines entre elles, à vibrer autour de nous. Je ne peux pas en faire partie : c'est le prix que je paie pour m'être mise à l'écart du monde. Mais toi, si. Tu peux pulser au même rythme que son cœur. Tu es peut-être tout seul, mais tu n'es pas seul au monde.

– Et si je me perds ?

– Tu ne te perdras pas.

– Je crois que je me suis déjà perdu.

Vola tendit les mains au-dessus de la table, les mit autour de sa tête, et pressa.

– Non. Tu t'es trouvé.

Elle se leva, et Peter la sentit effleurer ses cheveux d'un baiser quand elle passa derrière lui.

Le tracteur n'était pas si inconfortable, en fin de compte. Mais il était lent, et cahoteux, et bruyant – trop bruyant pour qu'ils puissent bavarder facilement, même si Peter était assis juste à côté de Vola. Cela ne le dérangeait pas : il avait tant de choses auxquelles penser. Même lorsqu'ils empruntèrent la bretelle d'accès de la nationale, plus lisse, Vola garda le silence, et Peter se dit qu'elle avait ses propres réflexions à faire, elle aussi. Mais quand elle lui montra un faucon qui planait au-dessus d'eux, il se rappela qu'il y avait une question qu'il avait toujours voulu lui poser.

– Pourquoi vous intéressez-vous autant aux oiseaux ? Aux plumes ?

Vola tapota les plumes accrochées au lacet en cuir autour de son cou et sourit.

– *Ti Poul.* Quand je suis née, mes parents ont trouvé que je ressemblais à un oiseau. Mes cheveux se dressaient en mèches comme des plumes, j'avais un cou très mince, et je croassais à longueur de temps pour réclamer à manger. Je suis en partie créole, en partie italienne, et en partie pleine d'autres choses. Mais toutes mes origines sont des cultures qui révèrent les oiseaux, et mes parents s'en sont rendu compte. Ils m'ont donc appelée Vola, ce qui veut dire « vole » en italien, mais ils m'ont surnommée Ti Poul, « Petite Poule ». Mes poules me font cadeau de leurs plumes, et je les porte pour me rappeler que quand je suis née, quelqu'un a vu un oiseau en moi. C'est tout. Ce n'est pas une histoire très intéressante.

Mais Peter trouva que c'était une belle histoire. Et cela expliquait l'expression qu'elle avait toujours quand elle manipulait le Rokh. Ce serait sans doute la marionnette dont elle allait avoir le plus de mal à se séparer.

Il regarda les quatre caisses grossières en pin où les marionnettes étaient rangées, attachées à l'arrière du tracteur. Peter espéra qu'elles ne lui faisaient pas penser à des cercueils. Ses incroyables personnages allaient vivre, maintenant. Vivre pour de vrai, dans le vrai monde, et non pas juste exister pour exécuter une espèce de pénitence.

Et peut-être que Vola allait vivre, elle aussi. Mais peut-être était-ce trop lui demander. Il se posait encore la question quand le tracteur s'arrêta en crachotant sur le parking de la bibliothèque, occupant trois places à lui tout seul.

Vola descendit et souleva l'une des caisses. Peter la suivit, mais devant les larges marches en brique, il s'arrêta et tapota sur l'épaule de Vola.

– Vous savez, chuchota-t-il, il va falloir faire un peu attention, ici…

– Attention ?

– À votre langage. Vous comprenez ?

Vola le regarda, perplexe. Il allait devoir mettre les points sur les *i*.

– Ce n'est pas le genre d'endroit où les gens disent « dyableman » à longueur de temps.

– Oh, je t'en prie, gamin ! Je suis au courant, merci !

Son ton était sec, mais il y détecta une trace de sourire. Peter ouvrit la porte et la laissa entrer.

La bibliothécaire évoquait un assemblage de bijoux : une écharpe vive couleur corail, une blouse en soie dorée, une jupe bleu saphir. Elle sourit quand Vola entra et posa la caisse sur une table, et lorsque le couvercle fut soulevé, sa bouche forma un O parfait. Peter se rappela qu'il était resté sans voix, lui aussi, quand il avait vu ces marionnettes pour la première fois. Il ressortit pour laisser les deux femmes en tête à tête.

Les nuages du matin s'étaient dissipés, et le ciel était si clair que cela faisait mal aux yeux. Les bruits semblaient plus nets que d'habitude, eux aussi, ou peut-être cela venait-il juste du fait qu'il avait été entouré de silence cette dernière semaine. Les aboiements d'un chien, le bavardage de deux femmes, le crissement des freins d'un vélo, les cris des enfants dans le square à côté du parking… ces sons lui avaient manqué. Le monde lui avait manqué. Il se demanda s'il manquait également à Vola.

Il se dirigea vers le square pour regarder les petits enfants jouer. La plupart d'entre eux couraient, sautaient sur les bancs, en redescendaient, poussaient les balançoires, dans le cadre d'un jeu sans règles. Une fillette aux cheveux couleur paille rassemblés en queue-de-cheval creusait dans le bac à sable, seule et concentrée, en déplaçant avec beaucoup de gravité une pelletée de sable après l'autre d'un premier à un deuxième tas. Dans un coin du bac à sable, la tête appuyée contre un gant de base-ball, était assis un garçon en tee-shirt rouge délavé qui avait l'air de s'ennuyer.

L'arrêt-court. De l'entraînement de l'autre jour.

Peter s'approcha.

– Salut.

Le garçon leva les yeux, puis se mit debout, comme pour se préparer à une bagarre. Il désigna du menton les béquilles de Peter.

– Je me suis demandé pourquoi tu n'étais pas venu.

– Comment ça s'est passé ?

Le visage du garçon se ferma.

– Comme si tu ne savais pas que vous nous avez mis la pâtée.

Il prit la pelle de la fillette et lui tendit un pull rose.

– Allez, viens, on rentre à la maison.

– Attends !

Peter ressentit un affolement irrationnel. Peut-être que vivre en ermite pendant une semaine l'avait déjà rendu bizarre. Mais le garçon était en train de faire lever sa sœur, et ils allaient partir. Il ne pouvait pas les laisser faire ça, pas encore.

– Attends ! Tu sais, quand tu es sur le terrain et que tu sais ce que tu dois faire, et que tu te sens prêt ? Quand le match est sur le point de commencer et que le gant est un prolongement de toi, et que tu sais que tu es exactement là où tu dois être ? Ce sentiment ? Est-ce que tu crois que c'est ça, la paix ?

Le garçon le regarda de travers. Il secoua la tête comme pour chasser de son esprit toute cette rencontre, puis il se mit en marche, en tirant sa sœur par la main. Peter les regarda quitter le square avec l'impression que quelque chose de précieux venait de s'enfuir hors de sa portée.

Mais devant la grille, le garçon se retourna. Il était déjà loin, mais son visage n'avait plus l'air aussi renfrogné. Il leva la main et tendit deux doigts en signe de paix. Peter lui rendit son salut.

À l'intérieur, la bibliothécaire était en train de vider la dernière caisse. Autour d'elle s'étaient matérialisés une demi-douzaine d'enfants qui souriaient et s'extasiaient à chaque nouvelle marionnette qu'elle en tirait. Vola restait à part, à les regarder. Elle commençait à partir quand elle aperçut Peter.

Peter tendit une béquille pour l'arrêter.

– La condition numéro trois ? lui lança-t-il en jetant un coup d'œil à la bibliothécaire.

Vola lui adressa un regard mi-irrité, mi-résigné. Elle se retourna vers la femme.

– Bea, j'ai oublié de te dire que je reviendrai une fois par semaine. Pour apprendre aux enfants à s'en servir.

Bea Booker sourit, d'un sourire lent qui évoquait du caramel fondu.

– Ce serait vraiment très gentil à toi.

Vola se dirigea vers la porte, mais Peter l'intercepta à nouveau. Vola leva les bras au ciel.

– Quoi, encore ?

Il souleva deux doigts.

– Quoi ? Oh, pour l'amour de… Bon, *d'accord* !

Elle retourna vers la table.

– Bea. Deux fois par semaine. Je reviendrai deux fois par semaine pour leur apprendre.

La bibliothécaire lui offrit un sourire plus large encore.

– Ça va beaucoup plaire aux enfants. Et ça me

fera plaisir de te voir plus souvent, Vola. Peut-être qu'on pourra aller prendre un café, après.

Une petite fille coiffée d'une fontaine de tresses qui se terminaient par des petites perles tira sur la salopette de Vola. Elle désigna l'éléphant.

– Comment est-ce qu'on le fait danser ? demanda-t-elle.

Peter retint son souffle. Mais au lieu de sermonner la fillette sur l'importance de découvrir les choses par soi-même, Vola s'accroupit pour examiner l'éléphant. Peter remarqua que ce mouvement était bien plus facile à effectuer avec la prothèse. Elle avait une cheville articulée, maintenant. Un geste si simple – pouvoir plier la jambe. Elle avait renoncé à tant de choses.

– Qu'est-ce qui te fait penser qu'il a envie de danser ? demanda Vola.

– Il a du vernis à ongles rouge aux pieds, comme moi.

La fillette agita ses orteils dans sa sandale. Puis sa main se leva pour caresser les plumes au cou de Vola.

Vola tressaillit, et Peter retint à nouveau son souffle. Mais Vola tendit la main elle-même pour toucher le collier de perles en plastique jaune de la petite fille.

Puis elle désigna l'horloge au-dessus du bureau, qui indiquait presque onze heures.

– Pour le moment, j'ai quelque chose d'important à faire, mais je reviendrai dans une demi-heure. Si tu es encore là, nous essayerons de le faire danser.

Le temps qu'ils prennent le sac à dos de Peter dans le tracteur et traversent la rue, le car était déjà garé devant l'arrêt. Pendant que Vola allait acheter un ticket, Peter s'avança vers le groupe de personnes qui attendaient d'embarquer. Un frisson parcourut sa colonne vertébrale ; le même genre de courant électrique qu'il ressentait à chaque fois qu'un arbitre annonçait le début d'une partie.

Vola donna le ticket à Peter. Il le prit dans sa paume et trouva qu'il avait l'air trop petit pour le pouvoir qu'il détenait.

– J'irai là-bas, et je le retrouverai. Merci.

Les portes du car s'ouvrirent et Vola se pencha par l'ouverture. Elle tendit un doigt menaçant en direction du chauffeur :

– Robert, ce garçon est de ma famille. Il m'a rendu visite, et maintenant, il rentre chez lui. Je compte sur toi pour qu'il y arrive sain et sauf.

Elle recula, et un couple âgé commença à grimper d'un pas mal assuré. Peter ajusta son sac à dos et ses béquilles. Il fit un pas vers le car. Puis il se retourna.

– Je fais partie de votre famille ?

– Je n'ai jamais rien dit d'aussi vrai. Maintenant, monte dans ce car.

Les marches étaient hautes, mais Peter les franchit aisément. Il prit un siège à l'avant et montra son pouce levé à Vola à travers la vitre crasseuse. Il était fort, maintenant. Il était prêt. Mais quand les freins à air se desserrèrent en sifflant, il s'agrippa à l'accoudoir. La voir rapetisser de plus en plus allait être douloureux.

Vola lui fit signe de baisser la vitre tandis que le chauffeur enclenchait une vitesse. Au moment où le car quittait le trottoir, elle lui cria :

– Gamin, je laisserai la porte de la véranda ouverte !

25

Pax creusait.

Depuis qu'ils avaient déplacé Avorton vers l'amont de la rivière, Pax et Hérissée se relayaient pour le surveiller. Un pacte de protection. Ils seraient sa patte arrière manquante ; ils seraient ses oreilles. Avorton était en sécurité et dormait dans le terrier de marmotte abandonné que Hérissée avait agrandi pour lui. Pourtant, Pax était nerveux. Il allait se passer quelque chose. Tout en montant la garde devant l'entrée du terrier, il creusait donc. Les coussinets de ses pattes s'étaient endurcis. Ils ne saignaient plus.

Quand Hérissée revint après avoir chassé, elle laissa tomber un écureuil devant lui. Pax se détourna, même s'il n'avait rien mangé depuis le fromage, l'avant-veille. Il ne voulait pas prendre la nourriture de Hérissée ou d'Avorton.

Hérissée enterra l'écureuil, puis s'allongea à côté du terrier pour son tour de garde.

Pax quitta le périmètre de la clairière. L'emplacement était bien choisi. Même s'ils restaient près du camp, ils se trouvaient assez haut pour ne pas être menacés par la terre qui explosait, près de la rivière. Des buissons de genévriers entouraient la clairière et permettaient de circuler à couvert. Plus important encore, ils masquaient en partie l'odeur des renards. Non loin de là, un mince ruisseau d'eau claire coulait dans la crevasse d'un rocher, et l'herbe regorgeait de proies.

Pourtant, quelque chose n'allait pas. Quelque chose allait se passer. Pax parcourut la courte distance au milieu des arbres jusqu'à la crête qui surplombait le camp.

Sa rencontre avec le père de son garçon l'avait trop inquiété pour qu'il tente un autre chapardage. Mais il était plus que jamais attiré par le camp. Le geste de l'homme, ce coup de pied à travers l'ouverture, transmettant un message contradictoire de menace et de bienveillance, lui avait rappelé qu'il devait protéger son garçon. Et si l'homme résidait dans ce camp, alors Peter viendrait sûrement bientôt le rejoindre.

On était au milieu de l'après-midi. Pax regarda les malades de guerre qui s'affairaient sur la rive. Ils déroulaient d'autres câbles, creusaient d'autres trous, enterraient d'autres boîtes noires sous le soleil brûlant. Une agressivité nouvelle pimentait l'odeur de leur transpiration.

Mais le danger qu'il percevait était plus immédiat. Plus primitif. Il retourna sur ses pas en courant et arpenta à nouveau la clairière.

Quand il vit Avorton émerger du terrier en clignant des yeux, Pax se précipita vers lui pour l'examiner. Le sang ne suintait plus de sa blessure, qui avait une odeur propre. Avorton ignora le repas que Hérissée déterra pour lui. Pax se rendit compte qu'il avait soif.

Je vais le conduire au ruisseau.

Hérissée fit mine de les suivre, mais finalement, elle se rassit et se contenta de les observer intensément pendant qu'ils s'éloignaient.

Quand ils revinrent, Avorton se renfonça dans le terrier. Pax s'installa devant : l'entrée était trop large, trop ouverte, et il préférait monter la garde. Mais Hérissée l'appela.

Viens avec moi. Regarde.

Elle se faufila entre les hautes herbes, une patte après l'autre, silencieusement, la tête baissée et penchée sur le côté, vers le sol. Pax la suivit avec les mêmes précautions. Au milieu de la clairière, elle s'arrêta net, les oreilles pointées vers l'avant, et lui jeta un rapide coup d'œil.

Pax l'entendit, lui aussi. Un bruit de pas léger,

sous l'enchevêtrement d'herbe sèche qui recouvrait la terre. Hérissée le suivit comme si elle avait pu voir les mouvements. Puis elle bondit dans l'air, retomba tout droit, les pattes devant son nez, et émergea avec une souris entre les mâchoires.

Elle la dévora en quelques bouchées et recommença à arpenter la clairière, cherchant toujours. Au bout d'un moment, elle s'assit, la tête penchée vers la gauche.

À ton tour.

Pax écouta jusqu'à ce qu'il soit sûr d'avoir localisé le bruissement souterrain. Un saut en hauteur, les pattes devant le nez, un plongeon comme celui de Hérissée. Il atterrit rudement. Pas de souris. Il tourna le dos à Hérissée pour recracher la poussière qu'il avait avalée.

Hérissée repartit. Pax la suivit, tête baissée, jusqu'à ce qu'elle tende les oreilles vers un autre tapotement léger.

Encore une fois, elle recula, et Pax essaya de sauter. Encore une fois, pas de souris.

Hérissée examina Pax tandis qu'il passait la patte sur ses joues pour se nettoyer.

Suis-moi.

Pax lui emboîta le pas jusqu'à ce qu'elle s'arrête brusquement et s'accroupisse. Devant eux se trouvait un trou dans le foin. Une odeur chaude et récente de nombreuses souris en émanait. Hérissée lui ordonna de rester en arrière.

Ne bouge pas. Regarde.

Hérissée rampa vers l'avant. Devant le trou, elle s'allongea et posa la tête sur ses pattes. Elle ferma les yeux jusqu'à les réduire à des fentes, et tout son corps se détendit, comme si elle dormait profondément.

Pax en fut surpris : il croyait qu'elle était encore en train de lui apprendre à chasser. Il se leva. Hérissée lui lança un avertissement d'un simple geste de sa queue calcinée. *Reste là.* Pax se rassit.

Pendant un long moment, il ne se passa rien. Puis Pax aperçut un minuscule mouvement sur le seuil du terrier. Un petit nez frémissant huma l'air, puis disparut. Un autre long moment, et la souris revint. Ses gestes étaient si légers, si hâtifs, que Pax comprit qu'elle était à un poil de moustache de prendre la fuite. Hérissée ne fit pas un geste, sauf avec la paupière, pour lancer un regard d'avertissement à Pax.

La souris émergea et recula encore deux fois. Enfin, convaincue que la renarde dormait, elle sortit et courut pour se mettre à couvert. La patte rapide de Hérissée jaillit et ramena le rongeur vers ses mâchoires.

Pax avait compris.

Hérissée retourna surveiller Avorton, et Pax

sillonna la clairière, impatient de trouver un trou qui lui permettrait d'appliquer cette ruse lui-même. Il en trouva un à côté d'une branche pourrissante et y sentit l'odeur épaisse d'une colonie de souris des champs. Il s'allongea à une longueur de patte de là.

Tout excité, il avait du mal à rester parfaitement immobile, mais finalement, une souris approcha de la sortie et huma l'air. Comme la proie de Hérissée, la souris retourna à l'intérieur à la vue du renard. Comme la proie de Hérissée, elle revint plusieurs fois, jusqu'à ce qu'elle soit certaine que Pax dormait. Et elle fonça.

Pax ne fut pas aussi rapide que Hérissée. Mais il réussit à heurter la souris, et tandis que celle-ci s'efforçait de se remettre debout, il lui asséna un nouveau coup de patte. Et il attrapa sa première proie.

Ce n'était qu'un maigre repas, mais chaque bouchée faisait circuler un courant chaud dans son corps. La vie de la souris se fondait dans la sienne. Ses muscles débordaient d'énergie.

Il bondit et galopa joyeusement dans la clairière, passant devant Hérissée en un éclair de fourrure rousse. Elle se leva pour le regarder. Pax repassa devant elle. Il touchait à peine le sol. Mais cette célébration n'était pas suffisante.

Au centre de la clairière se dressait un vieil arbre, un liquidambar tordu. Ses branches les plus basses surplombaient un creux ; les plus hautes étincelaient, bleues de geais.

Pax s'agrippa au tronc. Il atteignit facilement la première branche et se tint en équilibre. Puis, un pas après l'autre, il s'y engagea prudemment.

Les feuilles bruissaient autour de lui pour le saluer telles des étoiles vertes parfumées. À travers elles, il regarda vers le bas, émerveillé. De là-haut, il voyait au-delà des arbres de la crête, jusqu'au camp, et jusqu'à la rivière dans le lointain. L'herbe des prés, qui d'habitude frôlait ses épaules, semblait désormais former une surface verte aplatie. Les geais voletaient autour de lui et le houspillaient.

Pax se rappelait avoir vu Avorton voler. Il se ramassa sur lui-même. Puis il bondit, tendu vers l'avant, le plus loin possible. Le vent caressait la fourrure de son ventre. Il atterrit légèrement et leva la tête pour exprimer sa joie en jappant.

Ce nouveau monde lui appartenait. Il pouvait le parcourir, et se nourrir de sa générosité chaque fois qu'il le désirait. Il en faisait partie. Libre. Mais pas seul.

Pax retourna à l'endroit où il avait enfoui le bocal de beurre de cacahuète et le déterra. Il le rapporta et le laissa tomber devant Hérissée et Avorton, qui somnolaient à l'entrée du terrier sous les derniers rayons de soleil de l'après-midi.

Tous deux se réveillèrent instantanément en sentant cette odeur inconnue. Hérissée fut la première debout.

Elle donna un petit coup de patte au bocal et fit un saut en arrière quand il roula un peu plus loin. Elle le renifla d'un bout à l'autre, puis l'effleura de la langue. Goûter une seule fois fut suffisant. Hérissée saisit le bocal entre ses pattes et se mit à lécher avec avidité, nettoyant le bord supérieur en quelques secondes. Ensuite, elle y enfonça son museau.

Pax avait déjà commis cette erreur.

Attention. Tu pourrais rester coincée.

Trop tard. Hérissée fit un bond. Elle secoua violemment la tête à droite et à gauche, mais le bocal était trop avancé. Elle sautilla sur ses pattes arrière pour essayer de le repousser avec ses deux pattes de devant, et perdit l'équilibre, encore et encore.

Avorton la regardait avec stupéfaction. Il n'avait jamais vu sa sœur perdre ainsi son sang-froid.

Pax s'approcha pour lui proposer son aide. Mais Hérissée courut plus loin. Elle se débrouillerait seule. Finalement, elle roula sur le dos et se débarrassa du bocal à l'aide de ses pattes postérieures. Elle s'ébroua et revint au terrier, en levant bien haut la tête et la queue. Une fois près de Pax, elle entreprit de faire sa toilette.

Hérissée ne s'était jamais assise aussi près, le flanc tranquillement pressé contre le sien. Son odeur n'avait jamais été aussi amicale. Une trace marron sur la joue blanche de Hérissée attira l'attention de Pax. Sans réfléchir aux conséquences, il tendit le cou pour la lécher.

Et Hérissée se laissa faire.

Pax lui nettoya les oreilles, et la gorge, et le museau. Et au bout d'un moment, Hérissée lui rendit la pareille. Joue contre joue, les deux renards se léchèrent l'un l'autre. Hérissée s'interrompit pour flairer Pax avec attention.

Tu n'empestes plus les humains, à présent.

Pax ne répondit pas. Il se mit debout pour humer l'air. Quelque chose de dangereux était entré dans la clairière au crépuscule. Une odeur animale, qu'il ne reconnut pas, mais qu'il redoutait instinctivement. Elle se dissipa aussi vite qu'elle était arrivée, mais Pax lança un ordre à Avorton.

Rentre dans le terrier. Tout de suite.

26

– Eh, toi !

Peter se retourna si vivement qu'il faillit tomber. Il avait pourtant cru que le poste de garde était vide : il l'avait observé pendant dix bonnes minutes avant de quitter sa cachette.

Un soldat sortit de derrière un camion. De la crosse de son fusil, il désigna l'écriteau accroché par une chaîne à la barrière : *Interdiction d'entrer*.

Peter se redressa aussi haut qu'il le put sur ses béquilles. Cela faisait deux jours qu'il n'avait parlé à personne. Deux jours que le chauffeur du car lui avait dit :

– Je ne sais pas ce que tu as l'intention de faire, mon garçon, mais à mon avis, c'est une mauvaise idée. Si tu veux, je peux te trouver une place dans un car qui repart dans l'autre sens ce soir. Il n'y a pas de honte à avoir.

– Non merci, lui avait répondu Peter (parce que si, faire demi-tour aurait été honteux).

– D'accord. Alors bonne chance ! lui avait souhaité le chauffeur en le laissant sortir du car.

Pas une seule âme ne lui avait adressé la parole, ce soir-là. La ville était juste à côté de la zone évacuée, et les rares passants qu'il avait rencontrés avaient baissé les yeux et pressé le pas, comme s'ils ne pouvaient pas se permettre de croiser le regard de quiconque pourrait avoir besoin d'aide. Leur expression disait : « Il n'y a rien de superflu, ici. Nous avons déjà tout perdu. »

Toute la journée du lendemain, de l'aurore à bien après le coucher du soleil, puis la matinée suivante, il avait cheminé sur des routes, dans des villes vides, devant des écoles abandonnées, des squares et des quartiers où régnait un silence lugubre. Pas de tricycles grinçants, d'autoradios, de jeux de ballon improvisés. Les seuls sons familiers qu'il avait entendus étaient ceux de l'eau sortant d'un tuyau d'arrosage, quand il avait rempli sa gourde.

Il n'avait vu aucun autre humain, mais il avait vu les animaux abandonnés. Un poney qui broutait nerveusement l'herbe devant une église. Des chiens qui le fixaient d'un œil torve, cachés derrière des poubelles. Des dizaines de chats maigres qui filaient hors de vue, les flancs aussi creux que des cuillères.

– Eh, toi ! répéta le soldat en s'approchant.

Il regarda les béquilles artisanales de Peter, son plâtre grossier, ses vêtements sales.

– Nous avons évacué cette zone il y a presque deux semaines. Comment se fait-il que tu ne sois pas au courant ? Où étais-tu ?

– Je suis au courant. Mais j'ai laissé quelqu'un, ici. Je suis venu le chercher.

– Du calme, petit. Nous avons vérifié les registres. Tout le monde est parti.

– Ce n'est pas un être humain.

Peter leva le menton, mettant le soldat au défi de lui soutenir que ça avait de l'importance. Mais le visage du militaire changea, eut l'air plus jeune, et Peter se rendit compte qu'il ne devait pas avoir quitté le lycée depuis très longtemps. L'homme rangea son fusil dans sa bretelle.

– J'ai un chien, moi aussi. Henry.

Il ne dit rien d'autre pendant une minute, les yeux fixés sur la route, comme s'il espérait que son chien apparaisse brusquement. Puis il soupira.

– Je ne pense pas que quelqu'un l'emmène se promener. Ma sœur m'a dit qu'elle le ferait, mais elle travaille. Tu veux voir sa photo ?

Avant même que Peter ait acquiescé, le soldat sortit son portefeuille et lui tendit une photo. Un beagle. Un beagle ordinaire. Peter avait un nœud dans la gorge. Les coins de la photo étaient usés et décolorés : elle avait souvent été contemplée.

– Il s'appelle Henry. Je l'ai eu pour mon huitième anniversaire. Il a mal aux hanches, maintenant, mais il aime toujours se promener, tu sais ? Flairer les écureuils, tout ça. Je l'ai dit à ma sœur, mais… Le truc, c'est que Henry n'a pas dû comprendre où j'étais parti. Il doit passer ses journées à m'attendre devant la porte. Comment est-il, le tien ? Au cas où je le verrais…

– Pax n'est pas…, commença Peter.

Mais il s'interrompit. Si le fait que Pax ne soit pas humain n'avait pas d'importance, pourquoi le fait qu'il ne soit pas un chien en aurait-il ?

– Il est roux. Avec des pattes noires.

– Gros comment ? Il y a des coyotes, dans le coin. Ils mettent bas, à cette époque de l'année. S'ils ont une portée à protéger, ils n'hésiteront pas à attaquer un petit chien.

– Il est assez petit. (Peter déplaça son poids sur ses paumes couvertes d'ampoules.) Je vous en prie. Je suis venu de très loin exprès.

Le soldat regarda encore sa photo pendant une minute avant de la ranger dans son portefeuille. Quand il refit face à Peter, il avait de nouveau l'air plus âgé.

– On essaie de les retenir. Mais ils vont venir. Si tu entres, il va falloir que tu ressortes d'ici demain. Tu peux faire ça ? demanda-t-il en désignant les béquilles de Peter.

– Oui, je peux. Alors… vous me laissez passer ?

Le soldat jeta un coup d'œil autour de lui et se pencha vers lui.

– Une patrouille inspecte cette route toutes les heures, mais nous ne surveillons que ces accès. Pour l'instant, aucune sentinelle n'est postée dans les bois. Si tu vas vingt mètres plus loin, personne ne sera là pour t'arrêter. Mais écoute-moi bien : si tu te fais prendre, je n'ai rien dit. Maintenant, file.

– Merci.

Peter se retourna et se hâta de s'enfoncer dans les bois avant que le soldat ne change d'avis.

– Petit… J'espère que tu le trouveras.

La forêt était silencieuse, mais ici, le silence était normal, et il était brisé par des bruits sauvages, ce qui paraissait prometteur. Peter pouvait se représenter la queue touffue et rousse de Pax en train de filer entre les arbres. Quand il appelait, il lui était aisé de s'imaginer qu'un glapissement allait lui répondre. Cela lui remonta tellement le moral qu'il parvint presque à ignorer la douleur dans ses paumes et ses aisselles, irritées jusqu'au sang.

Pendant une heure, il avança sur un terrain sur lequel il avait l'impression de rebondir, tant les aiguilles de pin tombées pendant des dizaines d'années l'avaient matelassé. Quand il entendit le grondement sonore d'une jeep, il se cacha derrière un buisson jusqu'à ce que le véhicule soit passé. Par la suite, il marcha sur le bord de la route, certain que lorsque la prochaine patrouille passerait, il l'entendrait d'assez loin pour se cacher.

Et soudain, il arriva à destination.

Ce ne fut pas un élément du paysage qu'il reconnut, ni la route qui repartait en ligne droite après un tournant. Mais un sentiment de trahison flottait tout autour de lui. Il avait fait ici quelque chose de terrible, et le lieu s'en souvenait.

– Pax ! cria-t-il sans se soucier qu'on l'entende.

Que des jeeps arrivent, qu'une armée entière survienne : il ne partirait pas sans son renard.

– Pax !

Entre deux cris, le silence se fit plus profond. Inquiétant, à présent, et non plus prometteur.

Il se remit en marche près de la route, sans cesser d'appeler, les yeux baissés sur le gravier. Il était certain que Pax tenait le petit soldat dans sa gueule lorsque la voiture avait redémarré. Si Pax avait renoncé à retrouver Peter, il l'avait sûrement lâché. Peter voulait le tenir à nouveau en main. Comme la preuve certaine que son renard avait été ici.

Il parcourut un demi-kilomètre, un kilomètre, les yeux toujours baissés. Mais tout à coup, il s'arrêta net. Il ne trouverait pas le soldat en plastique. Parce que Pax n'avait pas renoncé. Jamais. Pax n'avait pas pensé qu'il avait pu être abandonné. Ils étaient inséparables. Pax le savait depuis toujours. C'était Peter qui avait eu besoin de l'apprendre.

Puisque Pax n'était pas là, c'était qu'il avait dû retourner à la maison. Ou essayer, du moins. Peut-être la rivière l'avait-elle arrêté, peut-être pas. On entendait souvent parler de chiens qui rentraient chez eux en surmontant des obstacles incroyables. Pax était dix fois plus intelligent que n'importe quel chien, donc pourquoi ne trouverait-il pas son chemin ? Peut-être était-il là-bas en ce moment même.

La maison se trouvait à environ quinze kilomètres au sud-est de la vieille corderie. Et la corderie était à peu près à six ou sept kilomètres de l'endroit où il était à présent.

Il décida donc de partir vers le sud, en appelant Pax tout au long du chemin. Descendre dans le canyon dans le noir était trop risqué, donc il dormirait là-bas, puis repartirait à l'aube. Il traverserait la rivière à l'endroit où elle s'élargissait, au niveau de la corderie, et après encore une quinzaine de kilomètres par des chemins qu'il connaissait, il arriverait chez lui.

– Attends-moi, dit-il à voix haute. J'arrive.

27

Pax se réveilla en sursaut. Son garçon était proche.

Il sauta sur ses pieds, ce qui réveilla Hérissée qui somnolait près de lui, et se mit à aller et venir dans la clairière à la recherche de l'odeur de Peter.

Rien. Pourtant, il était proche.

Pax fonça entre les arbres jusqu'à la crête au-dessus du camp. Il ne vit aucun jeune parmi les malades de guerre. Il n'entendit pas la voix de Peter au milieu des murmures et des cris. Il descendit furtivement la colline et fit le tour du camp, d'aussi près qu'il l'osa, humant l'air dans chaque direction.

Son garçon n'était pas là.

Néanmoins, il était proche. Et il arrivait.

Pax retourna près de Hérissée et se rallongea. Mais il ne dormit pas.

28

Peter marcha vers le sud pendant presque une heure, avec la certitude que Pax avait emprunté le même chemin. Mais quand il émergea de la forêt, il s'arrêta.

Une large prairie descendait sur au moins deux kilomètres avant de s'aplanir pour un autre kilomètre de tapis vert. De l'autre côté, la terre remontait sur plusieurs centaines de mètres en grosses marches irrégulières, qui semblaient avoir été taillées par une pioche géante. Et au-delà, s'étendant jusqu'à l'horizon, se trouvait le large plateau boisé qui cachait le canyon.

Depuis qu'il s'était réveillé, il avait voyagé neuf heures sans songer une seule fois à se reposer, mais brusquement, l'immensité de la distance à parcourir le vida de l'énergie qui lui restait.

Il lâcha son sac et s'effondra par terre.

À force de tenir les traverses des béquilles

pendant neuf heures, ses mains s'étaient crispées comme des griffes. Il les obligea à s'ouvrir et sentit ses paumes enflammées se fissurer. La veille, il avait eu des ampoules, qui s'étaient ouvertes, puis d'autres ampoules par-dessus. Il versa de l'eau fraîche de sa gourde sur sa chair brûlante et s'employa à ôter les miettes de caoutchouc qui s'étaient coincées dans la peau. Enfin, il enfila sa paire de chaussettes de rechange comme des gants et regarda à nouveau devant lui.

Un mouvement au milieu de la vallée attira son regard. Un animal avançait à petits bonds entre deux arbres. Un renard. Peter se redressa sur les genoux.

– Pax !

Encore ce mouvement. Mais non, l'animal était marron, pas roux. Un coyote, peut-être.

Cette pensée fut une poussée d'adrénaline. Une seconde plus tard, il était de nouveau en train d'avancer, le sac battant contre son dos, les béquilles s'enfonçant dans la terre. Il atteignit le fond de la vallée en une demi-heure seulement, puis s'enlisa dans le sol marécageux qui se trouvait en bas ; lent, sale, mais toujours en mouvement.

Et puis un rocher de près de trois mètres de haut se dressa soudain devant lui. Les escarpements étaient nettement plus grands qu'il ne l'avait cru en les regardant depuis l'autre extrémité de la vallée.

Avant même de réfléchir à ce qu'il allait faire, Peter jeta son sac et ses béquilles vers le haut, et les entendit tomber bruyamment sur le sol pierreux. Il enfonça les doigts dans une crevasse et tira. Son plâtre racla la roche, mais ses bras étaient forts grâce à son entraînement chez Vola, et il s'éleva jusqu'à une mince saillie où il put poser le pied. De là, il réussit à attraper un arbre qui dépassait, puis une autre fissure dans la roche, et enfin à se hisser sur le premier rebord.

Il lui fallut une heure pour gravir la falaise en escalier de cette manière : d'abord les béquilles et le sac, puis l'escalade. Quand il atteignit le sommet, hors d'haleine et trempé de sueur, il se laissa tomber par terre sous un grand sapin. Il but tout le contenu de sa gourde en une seule fois, et mangea le dernier sandwich au jambon. Il ouvrit ensuite le deuxième paquet donné par Vola.

Du beurre de cacahuète. Peter sentit sa gorge se serrer. Il se rappelait la première fois où Pax avait trouvé un bocal vide dans la poubelle. Il y avait enfoncé son museau si profondément qu'il était resté coincé, et Peter avait ri jusqu'à en avoir mal aux côtes. Il remit le sandwich dans le sac, en regrettant de ne pas l'avoir trouvé la veille : il aurait pu le jeter aux chiens qui fouillaient dans les poubelles. Enfin, il se remit debout. Il était presque 6 heures du soir, et il avait encore un long chemin à parcourir.

Tout en marchant, il fut hanté par le souvenir de ces animaux aux yeux affamés qui avançaient subrepticement et reculaient comme des fantômes accusateurs. Il aurait voulu pouvoir leur dire qu'il savait ce qu'on ressentait quand la seule personne qui vous aimait et qui prenait soin de vous disparaissait tout à coup. Combien le monde semblait soudain dangereux, après.

Il avait perdu un parent. Combien d'enfants, cette semaine, s'étaient réveillés et avaient découvert que leur monde avait été bouleversé, que leurs parents partis à la guerre ne reviendraient jamais ? C'était le pire, bien sûr. Mais qu'en était-il des pertes moins importantes ? Combien de gamins n'allaient pas voir leur grand frère ou grande sœur pendant des mois ? Combien d'amis avaient dû se faire leurs adieux ? Combien d'enfants avaient faim ? Combien avaient dû aller habiter ailleurs ? Et combien d'animaux avaient été abandonnés et devaient à présent se débrouiller seuls ?

Et pourquoi est-ce que personne ne comptabilisait tout cela ? « On devrait dire la vérité sur le prix à payer lors d'une guerre », avait dit Vola. Est-ce que cela ne faisait pas également partie de ce prix à payer ?

Avec un sursaut, Peter se rendit compte que le soir tombait. Un peu inquiet – il aurait dû chercher un endroit où s'installer pour la nuit –, il pivota sur lui-même. Sa béquille gauche dérapa sur des cailloux. Il tomba dessus, violemment, et entendit un craquement sec. Pendant une seconde, il craignit que ce soit une de ses propres côtes, mais le bruit avait été celui du bois. Il atterrit toujours agrippé au haut de la béquille. Le bas avait été projeté deux mètres plus loin.

– Dyableman !

Ce mot satisfaisant sortit naturellement. Il lâcha quelques autres jurons, qui lui firent également du bien. Mais la façon dont la forêt de plus en plus sombre absorbait ses cris sans y répondre le mit mal à l'aise ; il se tut. De toute façon, il n'avait pas le loisir de laisser libre cours à son irritation. Il avait une béquille à réparer, et plus beaucoup de lumière pour le faire.

Tout autour de lui, les arbres tendaient leurs membres en bois dur. Il aurait pu en scotcher un aux morceaux cassés de la béquille, comme une attelle. Mais il n'avait pas de hache pour les couper. Lorsqu'il sortit la batte de son sac en cherchant le scotch, il se rendit compte qu'il tenait la solution en main.

Il aligna les deux morceaux de la béquille, posa la batte par-dessus et commença à enrouler le scotch tout autour. Quand il eut terminé, il testa la béquille en s'appuyant dessus de tout son poids. Elle tint bon : elle était redevenue solide. Il aurait voulu pouvoir dire à Vola qu'elle avait eu raison : il avait bien eu besoin de la batte avant la fin du voyage.

Il s'agenouilla de nouveau à côté de son sac. Il considérait cet incident comme un avertissement. Il sortit donc ce dont il avait besoin pour la nuit, puis creusa un trou dans la terre et le remplit de brindilles et d'herbe sèche. Il y jeta une allumette, et un petit feu prit vie en crépitant.

Peter tint son couteau de poche au-dessus des flammes jusqu'à ce qu'il l'estime stérilisé, puis serra les dents et perça les nouvelles ampoules qui s'étaient formées sur ses paumes. La douleur le fit suffoquer, mais il étala un peu du baume donné par Vola et inspira profondément jusqu'à ce que ça se calme. L'odeur des herbes médicinales le ramena d'un seul coup dans la cuisine de Vola, et il se demanda si elle s'y trouvait en ce moment même. Comment se sentait-elle, sans cette lourde jambe pour l'amarrer au sol ?

Avant de ranger son couteau, il le tint dans sa main. Les dernières lueurs du feu dansaient sur sa lame. Il se rappela la première fois où il avait vu le couteau de Vola, son choc quand elle avait taillé un copeau de sa jambe de bois.

Peter remonta le bas de son jean. Il appuya le plat du couteau contre son mollet et s'imagina en train de découper un morceau de chair parce qu'il lui déplaisait, parce qu'il n'était pas parfait.

Un coyote hurla, et un autre répondit au loin. Peter frissonna. Il tourna la lame jusqu'à ce que la partie tranchante soit appuyée contre la peau, puis la releva brusquement. L'entaille ne mesurait qu'un centimètre de large, mais lui cuisait férocement. Il y avait des avantages au fait d'être en bois.

Le sang perla. Lorsque quelques gouttes se mirent à couler, il s'en servit pour dessiner la silhouette d'un renard en plein bond. Du bout de l'ongle, il traça un museau pointu, puis deux oreilles. Un trait rapide du pouce pour la queue.

Pax. Demain.

Un pacte de sang, rouge comme un renard.

29

Trois souris remplissaient le ventre de Pax, et un rat musqué pendait de sa gueule. Sa première grosse proie. Cela suffirait à nourrir Hérissée et Avorton pour la journée. Après cette longue nuit passée à chasser, il avait besoin de dormir, mais comme d'habitude, il fit un long détour en rentrant afin de dépister d'éventuels prédateurs. La trace sanglante qu'avait laissée Avorton quand ils l'avaient déplacé était encore assez forte pour les désigner comme vulnérables.

Les premiers rayons du soleil illuminaient les touffes d'herbe. Un mouvement attira son regard. Hérissée. Elle était dans la clairière, à quelques sauts du terrier, au lieu de monter la garde devant Avorton. Pax la regarda tressauter avec un effroi feint, et rouler dans l'herbe. Puis il vit quelque chose de plus surprenant encore : la petite tête d'Avorton à côté d'elle.

Avorton était dehors. Et il jouait.

Pax lâcha le rat musqué. Il appela Hérissée.

Et Avorton tourna la tête.

Pax jappa une seconde fois, pour vérifier.

Avorton répondit. Il entendait à nouveau.

Pax ressentit un soulagement si intense que, pendant un moment, il fut incapable de bouger. Lui qui n'aimait autrefois qu'un seul être au monde, son garçon, était désormais rempli d'amour envers cette renarde sévère et son frère chétif. Or, ils étaient en sécurité.

Il traversa la clairière en un éclair. Hérissée et Avorton s'écartèrent pour l'accueillir dans l'espace entre eux. Il se coucha sur le dos, et Avorton se jeta sur lui. Pax fit rouler le renardeau doucement, guettant d'éventuels gémissements de douleur, mais il n'entendit qu'un ronronnement de joie.

Pendant une heure, les renards jouèrent. Avorton se reposait souvent, et chaque fois, les deux autres s'arrêtaient et se postaient de part et d'autre. Comme les boutons-d'or qui les entouraient, ils levaient leurs trois museaux de renard vers le soleil matinal.

Jusqu'à ce que Hérissée bondisse sur ses pieds en écarquillant les narines.

Pax la sentit, lui aussi. L'odeur inquiétante qui le rendait nerveux depuis deux jours. Mais ce n'était plus une vague menace dans l'air. Cette odeur était forte, et même de plus en plus forte.

Coyote !

Hérissée courut vers le terrier, bifurqua vers la clairière, puis revint en courant auprès d'Avorton. Pax ne l'avait jamais vue aussi effrayée.

À cet instant, les trois renards tendirent leurs oreilles dans la même direction. Une créature n'ayant pas besoin des avantages de la discrétion faisait négligemment craquer les branches. Une créature qui venait du canyon et allait vers le nord. Vers la clairière.

Le coyote suivait la trace d'Avorton.

Hérissée fit lever son frère et cria à Pax :

Protège-le !

Pax conduisit Avorton jusqu'au terrier. Quand il commença à aller et venir devant l'entrée, il vit Hérissée qui se dirigeait vers le bruit, les pattes raides, sur ses gardes. Elle s'arrêta. Tendit les oreilles, arrière-train dressé.

Et soudain, devant elle, précisément là où ils avaient traîné Avorton quand ils étaient venus dans la clairière et où les genévriers étaient encore écrasés après leur passage, un coyote sombre et moucheté émergea, nez collé au sol.

Hérissée glapit. La tête du coyote se releva brusquement. Hérissée glapit à nouveau, et courut dans la clairière.

Le coyote pencha la tête et fit un pas vers elle. Puis il baissa à nouveau le nez pour suivre la trace d'Avorton.

Un instinct profond poussait Pax à s'enfuir. Le coyote était un mâle, grand et musclé. Un renard ne pouvait se mesurer à un animal aussi gros et agressif. Mais un instinct encore plus profond lui rappela qu'Avorton était sans défense dans le terrier.

Hérissée ignora l'instinct de s'enfuir, elle aussi. Elle fonça droit vers le coyote et l'attaqua sur le flanc.

Le coyote se tourna et claqua des dents, attrapant le bout de la patte arrière de Hérissée. Elle se mit à boiter en gémissant comme si elle était blessée. Le coyote la suivit des yeux, mais bien vite, il soupçonna la ruse, se secoua, et se concentra à nouveau sur la trace.

Hérissée revint se planter devant lui et lui fit face, le dos arqué. De sa gorge sortait un grondement rauque que Pax ne l'avait encore jamais entendue émettre.

Au début, le coyote recula, surpris que la petite renarde lui tienne tête. Puis il dressa les épaules en position d'attaque et retroussa les babines.

Le corps de Pax se tendit. Un grognement naquit au fond de sa gorge. Dans le terrier, Avorton pleurnicha.

Le coyote sauta sur Hérissée et la renversa. Pendant une minute, Pax ne vit rien d'autre qu'un méli-mélo de fourrure et de dents sur l'herbe, et n'entendit que des glapissements et des rugissements. Puis Hérissée se libéra de la prise du coyote. Elle sauta vers le centre de la clairière, qu'elle atteignit en un seul bond.

Pax comprit qu'elle essayait de l'attirer loin d'Avorton. Demeurant juste hors de sa portée, elle appâta le coyote jusqu'à ce qu'elle atteigne le liquidambar.

Ainsi que Pax l'avait fait, elle escalada le tronc tordu. Elle avança prudemment sur la première branche, sans quitter des yeux le coyote qui grondait et la suivait juste en dessous. Quand elle arriva à la fourche de la branche, elle était loin au-dessus de sa tête.

Le coyote sauta. Sa griffe n'attrapa que de l'écorce et des feuilles. Il décrivit un cercle dans le creux sous la branche en cherchant un point d'appui plus élevé, puis sauta encore. Cette fois, sa patte avant attrapa la branche et il s'y suspendit un moment avant de retomber. Il prit à nouveau son élan, et recommença.

Pax se rendait compte que Hérissée était aussi avancée sur la branche qu'elle pouvait l'être. Le coyote allait bientôt la faire tomber, ou se lasser et revenir à la trace dont elle l'avait distrait. Auquel cas elle le suivrait, et ils se battraient jusqu'à ce qu'il la mette en pièces.

Reste ici ! ordonna Pax à Avorton.

Et il fonça à travers la clairière.

Peter regardait le paysage, ahuri.

Il y avait un bouleau près du mur supérieur de la corderie. Ses amis et lui l'avaient baptisé l'Arbre des Pirates, parce qu'à l'automne, ses feuilles jaune vif donnaient l'impression qu'il était couvert de pièces d'or. Un jour, il y avait attaché Pax, car le renardeau n'aimait pas les voir jouer à la guerre. L'Arbre des Pirates était encore debout, mais ses branches n'étaient plus que des loques noircies. Et Peter ne reconnaissait rien d'autre, à part la corderie elle-même.

Tous les arbres de la prairie sous la corderie avaient disparu, déracinés par des explosions et transformés en gros bouts de bois déchiquetés. De larges pans d'herbe autour étaient réduits en cendre. La rive était jonchée de carcasses de perches, d'écrevisses, de tortues et de grenouilles à moitié mangées par les corbeaux.

Le plus triste à voir était l'eau. La dernière fois qu'il était venu ici, il s'était baigné dans la vasque en bas du canyon. L'eau y était si claire et étincelante que quand il plongeait, il voyait la tige vert pâle des roseaux, les écailles iridescentes d'une truite et même, en levant les yeux, le lacis des ailes bleu pur des libellules effleurant la surface. Il avait l'impression de nager dans du diamant liquide.

À présent, de gros rochers boueux encombraient la rivière, et la vasque était un cercle marron terne. Le lit du cours d'eau ne faisait plus que la moitié de sa largeur habituelle. Près du bord, des plaques de boue séchée formaient une croûte et puaient la mort.

C'était pour l'eau qu'il y avait la guerre. Peter se rappela que Vola lui avait un jour demandé de quel côté se battait son père.

– Du côté de ceux qui libèrent, ou de ceux qui protègent ?

Peter n'avait même pas compris qu'elle puisse lui poser la question.

– Du *bon* côté, bien sûr ! avait-il répondu, indigné.

– Gamin, l'avait appelé Vola. Gamin ! avait-elle répété, pour être certaine qu'il l'écoute. Crois-tu que, dans l'histoire de ce monde, quelqu'un ait jamais décidé de se battre du *mauvais* côté ?

Le vent souffla à travers la prairie, soulevant des

tourbillons de cendres. Peter essaya de s'imaginer en train de s'amuser à nouveau ici. Il faudrait bien du temps avant que quiconque ait envie de revenir y jouer.

Les seuls êtres vivants en vue étaient les vautours qui planaient silencieusement au-dessus de lui. Grâce à ce ravage, ils devaient festoyer depuis des jours. Il les regarda, paralysé par la tristesse de la scène. Les deux les plus proches de lui tournaient au-dessus d'une branche de tsuga près de la berge. Ils se demandaient probablement s'ils pouvaient reprendre sans danger leur repas interrompu.

Un repas qui était peut-être…

Peter ne pouvait pas énoncer cette pensée, mais il ne pouvait pas non plus l'effacer. Si Pax était venu ici, il était peut-être mort. Dans ce cas, les vautours le mèneraient à son cadavre.

Il y avait trois endroits différents au-dessus desquels ils planaient : l'un situé à côté de lui, et les deux autres sur la rive opposée. Lentement, paresseusement. Ils n'étaient pas pressés. Leurs repas ne risquaient pas de prendre la fuite.

Peter posa son sac. Débarrassé de ce poids, il atteignit la branche de tsuga en quelques pas seulement. Ce qu'il vit dépasser de sous la branche était ce qu'il redoutait par-dessus tout. Une queue de renard, reconnaissable entre toutes grâce à son extrémité blanche.

Il souleva la branche.

La carcasse du renard avait été dévorée par les charognards, mais on voyait encore son pelage. Et il n'était pas roux. Il n'était pas roux.

Ce n'était pas Pax.

Il prit une inspiration saccadée. Le soulagement lui faisait tourner la tête. Il descendit vers la rivière et s'y engagea. Quand l'eau lui arriva à la taille et que ses béquilles commencèrent à déraper sur les cailloux glissants dans la vase, il les jeta sur la berge opposée et plongea. Pour la première fois depuis presque deux semaines, son pied cassé ne le gênait pas. Peter nagea avec énergie.

Il se hissa sur la rive. Sur la terre ferme, le plâtre imbibé d'eau pesait une tonne, et commençait déjà à se désintégrer. Il sortit son couteau de sa poche et œuvra jusqu'à ce que son pied soit libéré. Celui-ci était pâle et inerte, mais il avait désenflé, et l'hématome avait presque disparu.

Peter rampa jusqu'à ses béquilles et les cala sous ses bras. Une fois debout, il vit ce que guettait le plus grand groupe de vautours : le cadavre d'un cerf. Il repensa à la biche qu'il avait vue dans le verger de Vola. *Vous, les humains, vous gâchez toujours tout.* Il se détourna.

Vingt mètres plus haut, un unique vautour volait au-dessus d'un troisième point. Peter grimpa, en choisissant de passer là où l'herbe était brûlée : c'était plus facile.

Au début, il n'aperçut rien sur le sol calciné. Mais quand il fut juste au-dessus, il vit. Une patte arrière. Sans chair, et noircie par le feu, mais il sut tout de même que c'était une patte arrière. Fine, avec une fourrure noire et des orteils blancs. Mais en haut, on distinguait une touffe de poils d'une couleur cannelle orangée.

Un renard.

Peter chancela sur ses béquilles. Peut-être n'était-ce pas celle de Pax. La patte n'était-elle pas trop petite pour appartenir à Pax ? Il aurait voulu le savoir. Quoique non, il préférait ne pas le savoir. De toute façon, quelle importance ? Ici, un renard avait vécu sa vie, et des humains l'avaient oblitérée. N'était-ce pas suffisamment révoltant ?

Il décida de creuser la terre à mains nues pour enterrer ce qui restait de l'animal.

Peter s'assit par terre. Il balaya les débris qui recouvraient un pan du sol. Et ses mains effleurèrent quelque chose qui changea l'air de ses poumons en cendres.

Un petit soldat en plastique, le canon d'un fusil pressé contre sa joue verte, visant tout ce qui se trouvait devant lui.

Peter chavira.

– PAX !

Pax atteignit l'arbre juste au moment où le coyote bondissait à nouveau. Cette fois, l'animal trouva une prise suffisante pour rester accroché à la branche. Pax lui sauta dessus, mordit la fourrure mouchetée et s'y agrippa.

Le coyote retomba et enfonça d'un même geste ses crocs dans l'épaule de son agresseur. Pax se dégagea et partit vers le sud de la clairière, dans l'espoir d'attirer le coyote loin de l'arbre, loin du terrier – loin des renards qu'il aimait.

Mais le coyote ne le suivit pas. Il leva la tête et aboya. Puis il fixa à nouveau les yeux sur Hérissée.

Pax s'aplatit et commença à ramper vers l'arbre. Tout à coup, il s'arrêta. Sa tête se tourna vers un bruit venu du camp.

La voix de son garçon ?

Devant lui, le grand coyote aboya de nouveau, et cette fois, son appel obtint une réponse.

Trois paires d'oreilles se tendirent en même temps vers le même point au milieu des genévriers. Un deuxième coyote en émergea en trottinant. Un autre mâle, pâle et trapu. Quand il vit la scène, il se mit à galoper vers l'arbre.

Hérissée cracha une autre menace, poils dressés, mais Pax la vit rouler des yeux terrorisés.

Le deuxième coyote posa les pattes sur le tronc.

C'est alors que Pax l'entendit à nouveau. Son garçon, qui criait son nom.

Il fila hors de la clairière et traversa le rideau d'arbres jusqu'à la crête au-dessus de la corderie.

Des hommes malades de guerre jaillissaient de derrière les murs, bâtons levés, regards convergeant vers une silhouette dans la prairie.

C'était un jeune aux cheveux noirs, recroquevillé sur le sol calciné. Son garçon ? Le vent, qui venait du nord, ne lui apprenait rien.

Les soldats continuaient à brandir leurs bâtons d'un air menaçant, mais ils n'avancèrent pas. Le nouveau venu se leva. Il était grand, et Pax constata que son corps ne ressemblait pas à celui de Peter. Les épaules de ce garçon étaient plus larges, et il tenait une sorte de perche sous un bras. Par ailleurs, ce garçon avait la tête levée, et non inclinée vers la terre. Il faisait face aux hommes d'un air de défi, dans une attitude que Pax n'avait jamais vue chez Peter. Il leur montra même le poing.

Un seul soldat dévala la colline. Il se déplaçait comme le père de Peter. Il criait, et sa voix ressemblait à la sienne. Mais l'homme s'avança vers le garçon et l'étreignit, quelque chose que Pax n'avait jamais vu le père de Peter faire.

Étaient-ce là ses humains ? Pax huma l'air, mais la brise ne lui apporta que le musc des coyotes enragés. Il repartit vers la clairière.

32

Peter laissa son père le serrer dans ses bras. Pendant toutes ces années, il avait rêvé d'être enfermé dans ce cercle d'amour protecteur. Son père était secoué de sanglots, et il eut envie de le rassurer, de lui dire que tout allait bien. Mais ce n'était pas vrai. Ses poings restaient crispés – l'un sur la traverse de la béquille, l'autre sur le petit soldat.

Il se libéra.

– Qu'est-ce que tu fais ici ? Tu m'avais dit que tu ne ferais rien d'autre que poser des fils électriques…

Et soudain, il comprit tout en même temps. Pourquoi les autres hommes n'avaient pas avancé. Pourquoi l'herbe était brûlée, pourquoi les arbres étaient déracinés, pourquoi la rivière était jonchée de rochers. Comment il pouvait ne rien rester d'autre d'un renard qu'une patte.

– Tu le savais.

Il enfonça le petit soldat dans sa poche et ramassa la patte du renard.

– Tu le savais ! Et tu as fait ça ! *Pax !*

33

À nouveau, Pax crut entendre la voix de son garçon. Il tendit les oreilles en arrière, vers le camp.

À ce moment-là, le vent tourna. Pax sentit la transpiration des malades de guerre, leurs explosifs, l'essence de leurs moteurs, leur prairie brûlée.

Et ses deux humains.

Il fonça vers la crête.

Il vit son garçon ramasser quelque chose par terre. Un bâtonnet, mais pas vraiment un bâtonnet. Quelque chose de poilu et de brisé.

L'odeur de chagrin et de désir s'éleva jusqu'en haut de la colline. Fraîche et aiguë, venant de son garçon. Mais aussi ancienne et usée, venant du père. Ainsi, cette odeur n'appartenait pas seulement à Peter. C'était l'odeur des humains.

Son garçon tendit l'objet brisé au-dessus de sa tête et cria quelques mots avec colère. Puis : « Pax ! »

Et Pax glapit.

Tenant ce qui restait du renard au-dessus de sa tête, Peter cria à nouveau son nom :

– Pax !

Et quelque part au-dessus de la corderie, un glapissement lui répondit.

L'espoir le submergea. Mais non, il avait dû rêver.

Malgré tout, il regarda la crête. Un éclat de roux. Une queue à l'extrémité blanche. Un renard apparut sur un endroit dégagé et se dressa sur ses pattes arrière – ses *deux* pattes arrière ? – pour regarder directement vers lui.

Peter colla la patte du renard dans la main de son père.

– Enterre-la.

Puis il attrapa son autre béquille et se tourna vers la colline.

– Peter, attends ! Il faut que tu comprennes. C'est mon devoir.

Peter désigna le renard sur la crête, et il frappa avec son poing sur sa poitrine, si fort qu'il se fit mal.

– Et ça, c'est le mien.

Son père lui cria quelque chose au sujet des fils électriques ; lui cria de s'arrêter. Peter vit les fils, et sauta par-dessus. Mais il ne s'arrêta pas. Parce qu'il ne voyait que son renard, qui l'attendait en haut de la colline, et la distance qui les séparait. Encore et encore, il planta ses béquilles et se balança, réduisant cette distance.

Quand il fut presque arrivé, sa chemise avait été séchée par le vent, puis à nouveau trempée par la sueur. Il s'arrêta et appela. Pax tourna la tête et partit à grands bonds entre les arbres.

Sur ses quatre pattes ! Peter en était sûr : Pax n'était pas blessé.

Il le suivit. Mais une fois encore, juste au moment où il approchait, Pax s'enfuit, galopant dans les bois.

Peter le suivit à nouveau. Il n'en voulait pas à Pax de le tester. Il avait trahi la confiance de son renard : pourquoi ce dernier ne ferait-il pas preuve de coquetterie ? Pourquoi ne ressentirait-il pas le besoin de s'assurer de la loyauté de Peter ? Aussi longtemps que Pax le désirerait, Peter lui obéirait.

C'était sa punition, et ce n'était que justice. À travers les arbres, sur une longue centaine de mètres, puis cent de plus, Peter le suivit.

Enfin, ils débouchèrent dans une clairière, et le renard l'attendit sans bouger. Peter le rejoignit. Il lui tendit la main.

– Je suis désolé. Je suis tellement désolé…

Pax regarda Peter dans les yeux, et prit son poignet dans sa gueule. Le pouls de Peter battit plus fort sous le bracelet de dents, juste assez serrées pour faire comprendre qu'il lui appartenait. Juste assez serrées pour faire appel à sa propre sauvagerie. Deux, mais pas deux.

Pax lâcha le poignet de Peter et fonça à travers la clairière vers un arbre tordu. Deux coyotes tournaient autour de l'arbre. Pax se jeta sur le plus gros.

– Non ! Pax ! Reviens !

L'arbre était si loin ! Au moins cinquante mètres. Peter enfonça ses béquilles dans la terre avec l'énergie du désespoir.

Alors qu'il se trouvait encore à une dizaine de mètres, il vit dans l'arbre la proie convoitée par les coyotes. Un autre renard, avec une fourrure vive et une tête mince et délicate : une femelle. Une entaille dans son flanc saignait, et au lieu d'une queue épaisse, c'était une corde noircie qui fouettait l'air.

De là-haut, la renarde provoqua l'un des coyotes en lui donnant un coup de patte, tandis que Pax mordait l'autre au flanc. Peter comprit qu'ils formaient une équipe.

Et qu'ils n'étaient pas de taille à tenir tête aux coyotes.

Peter avança vers l'arbre en vociférant, mais les coyotes l'ignorèrent. Le plus grand des deux se retourna et enfonça les crocs dans le cou de Pax. Pax cria.

Alors, Peter rugit de rage. Il se tint avec une seule béquille, se pencha en arrière, et lança l'autre, alourdie par sa batte en frêne blanc, aussi fort que possible, en visant entre les deux coyotes.

Tous les deux se retournèrent face à cette attaque. Tandis que l'arbre résonnait sous le coup, le plus grand coyote s'enfuit et disparut entre les fourrés. L'autre fit une dizaine de mètres, puis s'arrêta et se retourna.

Il regarda Peter et retroussa ses babines.

Peter montra ses dents, lui aussi. À côté de lui, Pax gronda, les poils du cou hérissés, prêt à lui sauter dessus. Peter leva sa deuxième béquille au-dessus de sa tête et rugit à nouveau, accompagné par Pax. Le coyote pâle recula, surpris. Finalement, il se retourna et fila hors de la clairière.

Peter s'agrippa à l'arbre. Tremblant, il se laissa glisser par terre.

Immédiatement, Pax fut sur lui. Il se blottissait sous son cou, lui léchait le visage, flairait son pied cassé, se frottait à nouveau contre lui. Peter enveloppa son renard de ses bras et pressa son front contre sa fourrure qui sentait le sapin.

– Tu vas bien, tu vas bien, tu vas bien !

La renarde sauta par-dessus eux sur le sol et disparut dans l'enchevêtrement de genévriers qui entourait la clairière. Pax se redressa sur les genoux de Peter et l'appela par un jappement.

Au bout d'un moment, Peter vit un petit museau noir pointer hors des buissons.

Un renardeau maigre en sortit, faisant à peu près la taille qu'avait eue Pax à huit mois, clignant des yeux à la lumière du soleil. Il avança dans la clairière en chancelant sur trois pattes. La renarde réapparut. Elle allait et venait nerveusement, en glapissant à l'attention du renardeau et en jetant des regards méfiants à Peter.

Pax se dégagea des bras de Peter et jappa à nouveau. Le renardeau fit quelques pas de plus. Il boitait avec une telle maladresse que Peter se rendit compte qu'il devait avoir perdu sa patte récemment. Et soudain, il fit le rapprochement.

Il tendit la main et l'appela doucement. Hésitant, regardant tour à tour Peter et Pax, le renardeau sautilla jusqu'à eux. Il enfouit la tête sous le menton de Pax.

Peter tendit un doigt. Le renardeau blessé l'autorisa à lui effleurer le cou pendant un instant avant de repartir en toute hâte se mettre en sécurité auprès de la renarde.

Ensemble, les deux renards attendirent en regardant Pax, puis s'enfoncèrent dans les broussailles.

Et Peter comprit. Son renard leur appartenait. Et ils lui appartenaient. Inséparables.

Il était venu de si loin. De si loin.

Peter s'agenouilla. Il posa la main sur le dos de Pax et sentit ses muscles bandés.

Peter regarda autour de lui. La forêt lui semblait dangereuse, pleine de coyotes et d'ours, et bientôt d'humains en guerre. Il baissa les yeux vers son renard, qui se tendait encore en direction de sa nouvelle famille.

– Vas-y. Tout va bien.

Ce n'était pas vrai. La douleur le ravageait de l'intérieur, lui coupait le souffle, comme un coup de poing en pleine poitrine. Il ôta sa main, parce que Pax ne pourrait pas manquer de percevoir une douleur aussi profonde, et n'oserait plus partir.

– Vas-y !

Pax fonça vers les broussailles. Puis il se retourna pour regarder son garçon.

Peter sentit des larmes rouler sur ses joues, mais il ne les essuya pas.

Pax revint sur ses pas. Il lécha les larmes en gémissant.

Peter le repoussa. Il trouva sa béquille et se remit debout.

– Non. Je ne veux pas que tu restes. Je laisserai toujours la porte de la véranda ouverte, mais il faut que tu partes.

Pax regarda vers les fourrés, puis de nouveau le visage de son garçon.

Peter fouilla dans sa poche et en sortit le jouet. Il le souleva.

Pax leva la tête, les yeux fixés sur la main de Peter.

Et Peter jeta le soldat en plastique par-dessus les buissons, aussi loin que possible, au fond des bois.

Quelquefois,

la pomme roule

très loin de l'arbre.

Remerciements

Les renards roux. Plus j'ai appris de choses à leur sujet, plus je les ai admirés, et plus j'ai été résolue à les dépeindre avec respect. Je dois beaucoup à Matthew Walter, biologiste de l'État de New York et talentueux observateur des animaux sauvages, qui a passé des années à étudier les renards roux sur le terrain. Dans ce roman, lorsque le comportement des renards correspond à la réalité, c'est grâce à son expertise, qu'il a généreusement partagée avec moi. Lorsque ce n'est pas le cas, c'est parce que j'ai dû faire un choix afin de répondre aux besoins de l'histoire. J'incite vivement les lecteurs à faire eux-mêmes des recherches sur ce splendide animal.

Sans les personnes suivantes, *Pax et le petit soldat* serait encore une montagne de feuilles froissées. Mes enfants qui, bien qu'adultes, continuent à me rappeler le lien extraordinaire qui peut exister entre des enfants et des animaux. Mes groupes d'écriture, dans le Nord et le Sud : des écrivains intelligents et clairvoyants qui ne tolèrent pas les phrases paresseuses. Mon agent, Steven Malk, qui a compris et aimé ce livre depuis le jour où je lui ai présenté sa graine minuscule. Mon éditrice, Donna Bray, pour ses excellents conseils. Tous les employés de HarperCollins pour leur incroyable soutien. David, pour sa patience à chaque fois que j'étais avec les renards.

Et enfin, Chris Crutcher : merci pour l'histoire derrière l'histoire à l'intérieur de l'histoire. Tu sais de quoi je parle.

Sara Pennypacker

L'auteure

Sara Pennypacker est américaine. Elle partage son temps entre le Massachusetts et la Floride. Elle est l'auteure de plus d'une quinzaine de livres, dont la série *Clémentine* qui a connu un succès international.
L'idée de Pax (paix, en latin) lui est venue il y a plusieurs années déjà. Touchée par des reportages à propos d'enfants de tous pays devenus orphelins, réfugiés, meurtris par des guerres, Sara Pennypacker voulait raconter une histoire qui explore les coûts de la guerre – particulièrement pour les enfants. Elle a mis plusieurs années à trouver comment raconter l'histoire – à travers le regard d'un animal, et par le lien entre un animal et un enfant : « Ils ont cette empathie radicale qui ne connaît aucune limite. »

Jon Klassen

L'illustrateur

Jon Klassen, auteur-illustrateur canadien, vit à Los Angeles. Il est dessinateur dans le monde de l'animation pour les studios Dreamworks, participant à des films comme *Kung Fu Panda 2* et *Coraline*. Récompensé par la Caldecott Medal et Greenaway Medal, il est l'auteur de la série d'albums *Je veux mon chapeau* vendue à plus de quinze millions d'exemplaires à travers le monde.

Découvrez d'autres histoires émouvantes
avec **des animaux**

dans la collection

FOLIO JUNIOR

CHEVAL DE GUERRE

Michael Morpurgo

n° 347

Joey, le cheval de ferme, devient cheval de guerre en 1914. Il va alors vivre l'horreur des combats auprès des Britanniques, des Français, ou du côté des Allemands. Pour lui, les soldats, les paysans ou les vétérinaires ne sont pas des ennemis mais des hommes, chez qui il rencontre la bonté comme la méchanceté. Joey partage leurs souffrances et leurs peurs et sait leur redonner de l'espoir.

JEREMY CHEVAL

Pierre-Marie Beaude

n° 1613

Pour retrouver sa mère indienne, Jeremy fuit le ranch où il a grandi et s'enfonce, seul et démuni, dans l'immensité de la grande prairie. Bientôt il reçoit l'aide de Flamme, un pur-sang apaloosa qui l'accueille parmi les chevaux sauvages. C'est alors que se produit l'incroyable : Jeremy se métamorphose et devient lui-même cheval ! Désormais, il va devoir affronter avec les siens les dangers qui menacent la horde, braver le froid, les pumas et les chasseurs…

Découvrez **d'autres enfants**
au cœur de la tourmente

dans la collection

FOLIO JUNIOR

MON PÈRE EST PARTI À LA GUERRE

John Boyne

n° 1772

28 juillet 1914. Le jour où la guerre éclate, le père d'Alfie promet qu'il ne s'engagera pas. Et rompt sa promesse le lendemain. Quatre ans plus tard, Alfie ignore où il se trouve. Est-il en mission secrète comme le prétend sa mère ? Alfie veut retrouver son père.

CŒUR DE LOUP

Katherine Rundell

n° 1854

Féodora a grandi parmi les loups. Ils sont tout pour elle et, bientôt, elle deviendra maître-loup, comme sa mère. Mais ce destin extraordinaire est anéanti quand surgit l'armée du tsar, dévastant tout sur son passage. Alors que sa mère est faite prisonnière, l'intrépide Féo part avec sa meute à travers les forêts enneigées de Sibérie. Bravant l'ennemi, le froid, les tempêtes, elle est prête à tout pour la sauver…

Le papier de cet ouvrage est composé de fibres naturelles, renouvelables, recyclables et fabriquées à partir de bois provenant de forêts gérées durablement.

Mise en pages : Françoise Pham

Loi n° 49-956 du 16 juillet 1949
sur les publications destinées à la jeunesse
ISBN : 978-2-07-066632-4
Numéro d'édition : 631478
Dépôt légal : janvier 2024
Premier dépôt légal dans la collection : janvier 2020

Imprimé en Espagne par Novoprint (Barcelone)